ロマンスドール

角川文庫
21896

目次

ロマンスドール

妻が、腹上死した。

乱れた呼吸を必死で整える僕は、しばらくその事実を理解することができなかった。当然だ。僕たちはついさっきまで、セックスをしていたのだから。

気づいたら、時計がカチコチと音を立てている。どれくらい時間が経ったのかわからなくなった頃、ぼうっとにじむ景色の輪郭がようやくくっきりとしてきた。何もかも、いつもと同じに見えた。

窓辺はカーテンの隙間から日暮れを伝えてくる。暦ではとっくに秋が始まっているはずなのに、いまだにセミが最後の最後、じわじわとあがいている。こんな季節に出てきて、相手を見つけることができるのだろうかと、僕は今の自分の状況とはまったく関係のないことをぼんやりと考える。余裕なのか、逃避なのか。

部屋の冷房は、必死で冷たい風をこの四角い部屋に送り込んでいた。時折あたる弱の風が、火照《ほて》った身体をしずめてくれる。と同時に、僕に冷静さを強要するようでもあった。

意識はある。僕の意識は。きっと正常だと思う。思いたい。

ふと、妻を見る。安心しきったように眠るその顔。けれどもう、呼吸をしていない。僕の顔にかぶさっているやわらかい髪の毛からは、いつも使っているシャンプーの匂いがした。僕らは同じものを使っているはずなのに、妻のほうがいい匂いがするような気が、ずっとしていた。背中にはうっすらと汗。頭を撫でれば「ふふ」と小さく笑いながら僕の首筋に抱きついてくるのに、今日は、今日ばかりは、ただひたすら眠っている。

僕の上にいる、妻の重力。それは僕を通り越して、まるで僕なんか無視しているかのようだった。まだ生あたたかいその身体は、今にも息を吹き返しそうな感じがするのに、けれどそのまぶたが二度と開かれることはないということが、不思議でならなかった。

ついさっきまで感じていた重みと、まるで別物の重み。それは僕に当たり前のことを教えてくれる。彼女はもう人間ではないということ。人の形をした、別のものだということ。

それはまるで人形のようだった。
なぜだか、恐怖はなかった。哀しみも。

色を好む男の憧れの死に方のひとつに、腹上死というものがある。女性にとっても理想の死に方なのかどうかはわからない。けれど少なくとも僕の妻は、幸せそうな顔をしていたように思う。

妻は僕の上で絶頂を迎え、果てて、死んだ。残された人間としては、せめても、それは不幸なことではないはずだと思いたい。残されるということは、まだ生きねばならないということだから。

霞がかかったような、ぼうっとした頭を必死で奮い立たせ、いつもと変わらないクリーム色の天井を眺めながら、妻を抱き寄せた。
反応のない、意思というものを持たない身体。それはぐにゃりとしていて、やがて硬く冷たくなっていくであろうことがわかった。
「いつもと変わらない」ことは、「いつか変わってしまう」ことなのだ。静かに温もりを忘れてゆく妻の身体のように。劇的でなく、緩やかに。

妻の腰に手をかけゆっくりと持ち上げ、腰をずらしそっと離れると、僕は彼女をベッドに横にした。寝顔のようなその顔をしばらく眺めたが、涙は出なかった。目の前に起こった事実をうまく嚙み砕くことができずにいた。起こった出来事に感情が同じスピードでついていくのは至難の業なんだということを、初めて知った気がする。

これは必然だった。こうなってしまうことがわかった上での行為。

ここ数ヶ月、僕たちは毎日のようにセックスをした。新婚でもあるまいし、結婚して七年も経つのに、おかしなことだと思う人もいるかもしれない。しかし僕たちにはその必要があった。

それは愛などという、実態のよくわからない、少なくとも僕にはよく理解できていない、甘ったるい響きのたぐいのものではなかったように思う。では何であったのかと問われれば、僕の貧相な語彙では適切な言葉をすぐに見つけることは敵わず、結局は愛という言葉を使わざるを得ないのかもしれないけれど。実に安っぽいことだと思うが。

妻と、園子と結婚したのは、今から七年前のことだ。西暦二〇〇一年。二十一世紀の始まりの年。

彼女と出会うキッカケは、さらにその三年前の一九九八年。当時僕は二十五歳で、美大の彫刻科という、金ばかりかかってたいした就職先もないようなところを卒業し、彫刻とはまるで関係のないバイトをしていた。ただのフリーターだ。そのフリーター生活をしていた頃、大学の先輩だった加藤という人から、技術を活かせて食える仕事があると、とある仕事を紹介された。

大学で助手の仕事にあぶれたら、マトモに食っていくのが難しい彫刻科を出た僕にとっては、いくら先輩からの話とはいえ半信半疑ではあった。そんな都合のいい仕事、あるわけがない。誰も立体なんか求めていないのに。

いぶかしがる僕に、まあとにかく来いよと先輩は言い、連絡があった日の翌日、金曜日の夕方に、金町という駅で待ち合わせることになった。

その日はバイトが休みだったので一日ゴロゴロしていたが、気がつくと四時をまわっていた。慌てて穴があいて羽根がはみ出ているダウンを羽織ると、財布だけ持ってアパートを出た。冬の四時頃は気が滅入る。一瞬引き返したくなったが、そういうわけにもいかない。

妙に冷えるなと思いながら歩いていたら、駅に向かう途中、チラチラと小雪が舞い始めた。

帽子を被ってくればよかった。早く春になればいいのに。

どうにもならない寒さに心の中でグチグチと文句を言いながら、高円寺の駅の改札に着くと中央線に乗り新宿まで行って、それから山手線に乗り換えて西日暮里まで行ってさらに常磐線に乗り換えた。金町という駅で降りるのは初めてだった。

駅に着く頃には雪は止んでいた。なんとなく空がどんよりしていたからか、それとも本来の姿なのか、駅前はそこそこ賑わっているようには見受けられたが、渋谷や、まして表参道なんかとは似ても似つかない雰囲気を持った町だというのが第一印象。

先輩も同じ電車に乗っていたのだろう、北口付近で背中を丸めて待っているとほどなくしてやってきた。学生時代と何ら変わらず頭はボサボサで無精髭をたくわえていたが、カッチリしたスーツ姿という出で立ちは卒業して数年経っても見慣れないからいつも少々の違和を感じた。

さして代わり映えのない互いの近況を話しながら、二人して十五分ほど歩いただろうか。わけもわからず連れていかれたそこは、工場がひしめき合うように立ち並ぶ一角の、町工場だった。どこか冴えない、淀みある地帯。繁栄というものをそれこそ渋谷だの表参道だの六本木だのに提供するためだけに栄養分をしこたま吸収されて、今はただもうひっそりと存在しているばかりのような、取り残された場所。ここも東京のはずなのに、寂れた地方都市のような空間になんとなく気圧《けお》された。

「あれだよ」

当たり前だが先輩はそんな僕の気分など察することなく、前方にある工場を指差した。それは他に比べれば幾分マシな外観ではあったが、寂れていることに変わりはない。

「ちーす。加藤っす」

とても社会人とは思えない挨拶をすると、先輩はさっさと中へ入っていった。慌てていくと、異様な光景が目に飛び込んできた。

いくつもの作業台の上に人間と同じくらい巨大な人形の胴体が、何体もあるのだ。長机には頭部も。数人の人たちが演歌をかけながらなにやら作業をしている。曲は鳥羽一郎の「兄弟船」。

工場。人形。鳥羽一郎。残念ながら僕にはそれらの接点を見つけることができなかった。

演歌のボリュームに負けじと必死で回転している換気扇は、油で真っ黒になっている。人形は胴体と頭部がバラバラに置かれてあるので切り刻まれた人間みたいに見えて、はっきり言って不気味だった。マネキンか何か作る工場だろうかと思い眺めていたのだが、見れば見るほどおかしな感じがした。マネキンにしては人形の肌に妙な光沢があり、そしてなぜか立っている姿ではなく、手足を曲げている姿で仰向けに置かれてあったからだ。小さなベッドのような台の上にのせられた無数の人形。足は少し開き気味、手は空をさまよっている。まるで何か大切なものを求めて止まないのに何もつかめないような哀切さはあった。だがじっと見ていると、その格好が不気味であると同時になんとも間抜けに思えてきた。

「何すか？　これ」

たまらず先輩に聞いてみる。

「ドールっつうんだよ」

「ドール？……人形でいいじゃないですか」

「いや、今はそういう言い方するんだって。ラブドール。いわゆる、ダッチワイフ」

そう聞いて改めて胴体だけの人形を眺めると、はたして、男が上に乗れば正常位の形が取れるように作られていることがよくわかった。手足を曲げていたのはその理由からだ。セックスの時の男と女の格好って、変なんだなあと他人事のように思った。

股のところには穴があいている。ホールという、まあ、オナニーホールのことなのだが、いわゆる男性が挿入する部分を、後から取り付けるのだという。ホールは使用後に洗浄する必要があるので脱着可能なのだそうだ。切れ目が入ったその部分は空洞になっていて、まだホールが付いていないにもかかわらず、なんだか妙に生々しい。これにホールがついたらと想像してみると、なるほど、確かにダッチワイフだ。

しかし何より驚くべきはそのレベルの高さだった。僕が知っているのはせいぜい、空気を入れて膨らませる浮き輪みたいなもんで、学生時代にクラスのヤツが冗談半分でアダルトショップで買ったんだと見せてくれたことがあったが、「所詮ダッチワイフはこのレベルなのだ」という先入観を与えるには十分なものだった。それはおよそセックスができそうなシロモノではなく、全体重をかけたらすぐにパンクしてしまいそうなお粗末さだったし、そもそも、顔もギャグかというくらいのブサイクな作りだったので、これでヤレるというヤツの気持ちがいまいち理解しきれなかった。いくら数千円で買えると友人が言っても、これ一体買うくらいなら安い風俗に行ったほうがいいよなと、他のやつらと笑いながら話していたものだ。

だが、今目の前にある胴体たちが放つ、やわらかく美しい肌色……。これにきれいな顔がついて髪の毛がついて服を着てソファの上にでも座っていたら、人間と間違えそうなリアルさがあった。

あまりに感心してしまい、

「こんなんがあるんですねえ」

と、ほうけたようにつぶやくと、

「お前、これ、作ってみないか？」

と、先輩がタバコに火をつけながら言った。

僕は正直戸惑った。

「いやぁ……。どうなんすかね。ヤバい仕事なんじゃないんすか？」

こういったものを売るのはいわゆるアダルトショップだ。新宿なんかの、なかなか怖いところに店舗があったりして、客として何かを買う分には問題ないだろうが、そこに商品を卸すとなると、普段お目にかかることのないゴツい人たちがわんさか出てくるような、そんな気がしていた。すると先輩は、まだ世間を知らない小さな子供を見るように苦笑した。

「ヤバかあないよ。こっちは単に作るほうだから。売るほうと違うし。売るほうだって、ちゃんと色々考えてんだろ」

それはたぶんおそらく、その筋の人たちに仁義を切るということを含めた「ちゃんと色々」を指すのだろう。

「そうですかねえ」

「知り合いから造形士になれるヤツいねえかって言われててさ」

「造形士？」

「ようは職人。人形の原型作ったり、型取りしたり。俺、専攻油絵だったじゃん。面白そうだと思ったけど立体作れねえし。まあ一応会社員だし。で、ちょうどいいヤツがいるって、哲雄のこと思い出したんだよ」

「はあ……」

「お前、バカみたいに院まで行ってんのに助手にもなんねーし、何考えてんのかと思ってさ」

何も考えてない、ということはなかったが、考えても仕方ないと半ば諦めて最近は考えることをやめていた。無邪気に希望を抱けた十代の頃とは違う。彫刻の世界の、彫刻とは一見関係ないように思えるさまざまな面倒なことから、僕は逃げ出したのだ。中途半端な、そこらへんによくいる、自分の状況に対して自分で責任を取ることを恐れて臭いものに蓋をしているやつらと、何ら変わりはない。俺だけはあいつらとは違うといった、無意味な自意識さえももはや持ち合わせてはいなかった。

クズなんだろうな。その自覚がようやく、最近わずかばかり芽生え始めていた。

「金もねえんだろ？　ここで造形士になったら、一応保険とかにも入れてもらえるらしいぞ」

先輩はけだるそうにタバコをふかした。風貌はとっつきにくい人だったが、学生時代からなぜか気が合ったし、この人なりに就職もせずぼんやりとしている後輩のことを心配もしてくれているらしかった。それで紹介する仕事がアダルト関係というのがこの人らしいが。

この素材は塩化ビニールでできていて、商品名を「マリア」といい、一昨年爆発的に売れたのだそうだ。だが最近では消費が落ち込んできたこともあり、消費者のほうもより人間に近い精巧なものを求めていて、画期的な商品を提供しないことには会社として生き残れないと判断したらしい。そこでこの工場は、新しい素材でのダッチワイフ作りを始めたのだが、試行錯誤の連続でどうにもうまくいかない。そこで白羽の矢が立ったのが美大を出ている僕だった。

「はあ……そっすか……」

タバコをくゆらせ今や広告代理店のエースとして活躍する立派な先輩が語るのを聞きながら、ぼんやりと答えることしかできなかった。歯切れの悪さに、先輩は少し苛ついたようにタバコを揉み消した。

「なにお前。抵抗とかあるわけ？　自分の作った人形がセックスの奴隷になるのが嫌とかさ。んな高尚なこと考えてんの？」

「いやぁ、違いますよ。ただこういうの見たの初めてなんで……。びっくりしてるっていうか」

置かれた頭部を両手に持って先輩のほうに向けながら反論した。頭部は、まだ目玉が入っておらずくり抜かれている状態だからちょっとしたスプラッターだ。

「ま、そだな」

すると目の前に、作業服を着た初老の男がお茶を持ってやってきた。

「今日はわざわざ悪かったね。寒かったろ？」

男は「相川っちゅーもんです」と短く名乗ると、僕たちに丸椅子に座るよう促した。そして自分も腰を下ろすと、お茶をすすりながら話し始めた。相川さんはこの工場唯一の造形士だった。

「後継者問題っていうかさあ。俺ももう歳だし。今まで見よう見まねでやってきたけど、さすがに今扱ってる素材ってのが軽量化が難しくてさ」

深く刻まれたしわとにごった目が、場末の工場の職人としてふさわしい風貌だった。ピカピカの靴やお洒落なカッターシャツは、こういった町のこういった職人には似合わない。相川さんは僕の期待にたがわぬ人だった。

挑戦している新しい素材というのはシリコンといい、ようは合成樹脂のことだ。僕と先輩は、試作中だというその人形を別室で見せてもらった。見た瞬間、二人とも息をのんだ。塩化ビニールの人形だけでもその精巧さに驚いたのに、シリコンはその比ではなかったからだ。

まず、肌触り。人間のそれとよく似ている。これでもし体温があったらと思うと、空恐ろしくさえなってくる。肌色も、何というか、マットでなく透けているような滑らかさがあった。ようするに、より人間に近いのだ。さっきあれほど感心した塩ビ製品の人形が、たった数分の後に、妙にペタっとしているように感じてしまう。それくらい、歴然とした差だった。ダッチワイフ素人でも驚いてしまうほどの素材だから、マニアであれば涎《よだれ》が出る品物だろう。

だが試作品のそれは、シリコン自体の重みに耐えられず、お腹や胸の部分がへこんでいた。

相川さんがお茶を飲みながら質問する。

「人間の比重って水に対して何か知ってる?」

「一対一です」

「さすがだね」

そう言って嬉しそうに目尻にしわを寄せながら、続けた。

「シリコンの比重って一対一・一なわけよ。ドールさ、けっこう巨大だし、だーから重いのなんのって。持ち上げられねえんだよ。俺、腰悪くてさ。どうせ腰悪くするなら女とヤリまくった後遺症だとカッコ良かったけどな」

そう自分で言って自分で笑いながら、飲んでいたお茶でむせてしまう相川さんに、僕はなんだか親しみを覚えた。

先輩が苦笑しながら背中をさすってあげると、ゲロが出るんじゃないかというくらいの大げさな咳をいくつかして、それがようやく治まると、相川さんはなおも続けた。

「社長からは軽量化しろって口うるさく言われてんだけどさ。けっこう難しいし、彫刻やってたような人が来てくれると俺も助かるわけよ。俺みたいな独学だと、やっぱ技術に限界があるわけ。顔とかそういうのもさ。今の人の感覚ってえの？　なんてえか、もっとあか抜けてる顔が作れねえかと思ってさ。俺の技術を教えたら俺はもう引退するし、あとはあんたの作りたい人形を作ればいいわけだし。悪くないと思うんだけど、どうかね？」

社長というのは、都内で店舗を持ってダッチワイフを売っている久保田商会という会社の社長で、この工場はその子会社なのだそうだ。自社ブランドで、生産、販売、全てやっているらしい。

そこまで説明するとまた一口お茶を含んだ相川さんは、再びむせて先輩から介抱されていた。僕も苦笑するしかない。

「あーあー、もうしょうがないわねえ、キンキンは」

そう言いながら、今度は五十代くらいのおばちゃんが羊羹《ようかん》を持って入ってきた。相川さんは下の名を金治といい、キンキンの愛称で呼ばれているようだ。まあそんな相川さんの愛称のことよりも僕が驚いたのは、こういった工場に女の人がいることだった。だが、ここにいる半数以上が女性、主におばさんらしい。技術的なことは相川さんを中心とした男（全員おっさん）がやっているが、梱包や発送作業はパートのおばさんたちがやるのだという。

おばさんは、田代さんといった。体型は中年のおばちゃんそのもので、顔立ちは褒めたとしても愛嬌があるとしか言いようがない。空気式のダッチワイフと通ずるものがあるようにも思う。愛嬌および哀愁。本人には絶対言えないが。

田代さんは僕を見るなり、懇願するように言った。

「ねえ、キンキンこんなでしょう。いい造形士がいないとさ、ここの注文も減ってしまうのよ。最近この業界でも、精巧な人形作るのを主義とした会社も出てきてさ。流れがそっちに行くと、ウチは倒産しちゃうよ。じじいとばばあの墓場みたいなとこだけどさあ。何もあんたの生気を吸い取ったりしないから」

田代さんは厚く切り過ぎている羊羹を執拗に勧めるので、僕も先輩もあまり甘いものは好きではなかったが、仕方なく食べた。田代さんと相川さんが食べる分の羊羹はそれほど厚く切られていなかったから、田代さんなりに「お客様」に気を遣っているようだ。

食べながら、僕は言っていた。

「俺、やりますよ」

すると初老の男と中年の女は顔をシワシワにして喜んでくれた。喜ばれるのは少し申し訳ないと感じた。僕は別に人形を作ることに対する高い志みたいなものはなかったし、この場末の工場を建て直してやろうという気概もなかった。ただ、少し面白そうだと思ったのと、なにより、金がなかった。その月の家賃も払えない状態だったし電気も止められそうだったので、特に深く考えもせず、この仕事を引き受けた。

大学院まで出て彫刻の道に邁進するでもなくフラフラして、挙げ句ダッチワイフを作るのが仕事になるだなんて、長野にいる親が聞いたら卒倒するかもしれない。でもいつまでもフリーター生活するよりは、マシなはずだ。

親には、マネキンを作る会社に就職した、と言っておくことにした。金ばかりかかって芸術家になれなかった息子のことをどう思っているのかわからないが、少なくとも大学で学んだことが少しは活かせるような会社に就職できたので、安心しているようだった。

それから僕と相川さんを中心とした、シリコンドール開発チーム（というほど大げさなものではないが）が始動した。人形作りの基本的なことは、彫刻と同じだった。彫刻だと、まず粘土で型を作り、石膏でその型を取る。そして樹脂を流して原型を作り、その原型から鋳型を作る。溶かした金属を型に入れなければいけないわけなので、手間だが石膏と同じ型を作るということだ。その鋳型にブロンズを流し込めば、いわゆる銅像の完成。

ダッチワイフも、まず粘土で原型を作るところは一緒だ。違うのは、人形の骨格になる部分（ステンレスなどで作る）と、その骨格に付随する中子《なかご》という、ごく簡単に言えば詰め物を作ること。粘土で取った原型からシリコンを流すための雌型（パカッと貝みたいに開く型だと思ってもらえればわかりやすいかもしれない）を作り、その中に先に作った中子を入れてシリコンを注入し、固めて型を外すとドールができ上がるという寸法だ。乱暴に言えば鯛やきの型を作って鯛やきを作るみたいなことだろうか。

　骨格を作るというのも彫刻と一緒だった。もっとも、彫刻の場合だと木枠で骨格を作った上に粘土をつけていくから中子のようなものを作ることはあまりなく（鑑賞用の人形作家ならあるかもしれない）、作業工程としては違うのだけど。

　ダッチワイフの骨格においては手足の曲げ伸ばしがある程度可能なように、腕や足などの関節部分は可動式にしなければならなかった。僕は大学で学んだ人体構造の本を押し入れから引っ張りだした。学生時代は熱心に勉強することなどなかったのに。

　中子は軽量化の鍵を握っていた。骨盤にあたる部分など、身体の中身にはウレタンを使ってみたり、さまざまな工夫をした。当たり前なのだけど、僕が今まで扱ってきた銅や石膏、木や石といった素材とはまるで異なり、シリコンは化学物質なわけだから当然何か別の素材と一緒に使用すると化学反応を起こしてしまう。これには相当悩まされた。

　僕たちが作るダッチワイフは、シリコン自体の重みに耐えられるだけでなく、当然のことながら上に乗る男一人分の重みにも耐えうるものにしなければならない。課題は山積していた。

シリコンは、僕らにとって難しい素材だった。塩化ビニールは加熱硬化という工程を踏むが、シリコンは常温硬化させられるのでその点は扱いやすい。けれど伸縮性や弾力性はあるものの、曲げたり伸ばしたりした際にどれくらい強度があるのかという点はまだまだ問題があるようだった。ちなみに相川さんの指先が固く黒ずんでいるのは、長年塩化ビニール製品の加熱処理を繰り返してきた名残だ。

人間の肌色の再現もまた、簡単にはいかなかった。ドールの肌色というのは、シリコンの原料に顔料を入れて作るということになる。よりリアルな肌色を再現するため配合を変えては綿密なデータを取り、何度も業者とやり取りをした。

試行錯誤の末、完成形に近いドールを作るまでには、結局二年半もの歳月を要した。ノストラダムスで盛り上がることもなければ、ミレニアムと浮かれるヒマもなく、コンピューターの二〇〇〇年問題なんてまるで関係ない生活を送っていた。

僕は二十七歳になっていた。

この工場に来た頃には近くの桜の木は花を咲かせる素振りすら見せなかったのに、桜は、咲いては散りを三度繰り返した。今はその桜の木でセミが大合唱している。

僕たちはほぼ完成したドールを見て、これなら世に出して恥ずかしくないだろうという確信を持った。相川さんの顔を見ると、汗まみれになりながら、目がキラキラと輝いている。確かな手応え。今まで誰も見たことのない、ダッチワイフ。

今日はいよいよ社長のチェックの日だ。緊張はあったものの当然絶賛されるだろうという自信もあったから、何度も相川さんと顔を見合わせては頷きあった。

「おう。お疲れさん。どれだよ、新素材のドールは？」

社長もなんだか嬉しそうだった。僕は、こっちです、と工場の片隅に案内した。すると社長は、僕たちが作ったドールを見るなり顔をしかめた。

「胸がリアルじゃないよ。まず形。形がダメ。お前、彫刻科出てんだろ？　成績悪かったのか？　それにこの手触り。固過ぎんだろう。客が納得するわけがねえ」

共同開発とはいえ僕にとっては本格的なドール一号だから、社長のしわのよった、ロレックスの時計がちらほらする手でドールの胸が揉みしだかれるのは、なんというかこう、とても複雑な気分だった。挙げ句にダメ出し。まるで自分の娘にケチをつけられたような気がした。

僕も相川さんも落胆した。また中子で工夫をするしかない。しかしなぁ……。

社長から作り直しを命じられた日、二人で飲みに出かけた。僕は日本酒をちびちび飲みながらつぶやいた。

「確かに言われた通りですけどねえ……。この二年半、頑張ったのに」

ホッケをほじくりながら相川さんが言う。

「まあなあ。頑張りが必ずしも報われないのが仕事ってもんだけど」

大人なことを言うなあと思いつつ、おちょこを口に運んだ時だった。

「お前、女のおっぱい触ったの、いつだ？」

からかっているのか何なのか、相川さんは真面目とも不真面目とも取れないいつもの顔つきで聞いてきた。

「ええ？　なんすか、それ」

「いいから、いつなんだよ」

記憶をたぐり寄せる。前につき合った彼女と別れたのはもう、二年半以上前のことになる。ここで働き始めるよりも前に、別れていた。そう言うと相川さんは目を丸くした。

「お前、若いくせに〜。二年以上もネエちゃんのおっぱい触ってないのかよ。なんだよもう。そんなんじゃ社長をびっくりさせるおっぱいなんか作れるわけねえじゃねえか」

僕はつい口を尖らせて聞いていた。

「そういう相川さんはいつっすか」

「こないだ田代さんのおっぱいは服の上から揉んだけど」

「えっ！　そういう仲だったんですか」

「いや、冗談で」

「よく冗談で通りますね」

「笑ってたから案外嬉しかったんじゃないの。俺、揉むの上手いし」

そう言って職人らしい黒ずんだ手のひらを、指先がウェーブするように動かした。

「五年前に一回ヤったきり、ヤラせてくれねんだよな、あのおばはん」

「ヤるはヤったんだ……」

「あんま良くなかったのかなあ」

「そうかもしれないっすねえ」

聞けば、相川さんは田代さんとは別のおばさんとも三年前にヤったのだと言う。ビバリーヒルズ青春白書みたいなことが、この場末の工場で起きているのだ。僕はむしろおばさんたちに襲われないように気をつけようと思った。相川さんと兄弟なんてまっぴらだ。そう思うと、そういえば初めてこの工場に来た日にかかっていた「兄弟船」が、妙なリアリティがあるような気さえしてきた。いや、そういう意味の歌ではないはずだから、と心の中で自分に言い聞かせていると、相川さんがうまそうにホッケを食べながら言った。

「生の乳は三ヶ月前かなあ」

「俺よりぜんぜん最近じゃん！」

聞けば、風俗で、ということらしい。しかし三ヶ月前って、毎日残業してまでドールを作るために試行錯誤していた頃じゃないか。

「そういう行き詰まった時こそ、ヤらにゃあならんのよ」

説得力に欠ける理論だったが、わからなくもない。

僕たちはふいに無口になった。小さな居酒屋の古ぼけたテレビからはプロ野球の結果が流れていて、一人で飲みに来ている常連客が、応援していたチームが負けてしまったのだろう、舌打ちをしていた。それをなだめるように、大将がカウンターから小鉢に入ったたこわさを渡すと、男は「だいたいよー、外国人選手の補強に金ばっかりかけすぎなんだよー」と大将に同意を求め、大将は「ほんとにねえ」、と神妙な顔をしてみせた。

僕もホッケを食べようと箸を伸ばしたら、それはすでに骨だけになっていた。少しムッとして相川さんのほうをちらりと見たが、相川さんは空《くう》を見つめてボーッとしていた。ホッケは見事なほど骨だけになっていて、魚の食べ方がきれいな相川さんに少しだけ感心しながらも、嫌味のようにもう一度ホッケを注文し、空いた皿を下げた。

「どうしたんすか？」

僕が話しかけてようやく、相川さんは口を開いた。

「いや、考えたんだけどよ。生身の人間で型を取るってのはどうかな」

何をぼんやりしているのかと思ったら、しっかり仕事のことを考えていたのだ。ホッケごときで腹を立てていた自分はやっぱりガキだなと少し恥ずかしくなった。

「やってくれる人がいるかって話ですが」

「だよな。でもさ、やっぱこう、起き上がってる時の乳と、仰向けで寝た時の乳って形が変わるじゃねえか。そういうの、作りたいよな。どうせやるなら」

「そうですね。どうせやるなら」

この工場で働き始めて二年半。僕はすっかりドール作りが楽しくなっていた。どうせやるなら、よりリアルな、本当に良いものを作りたい。

「お前、大学の時の友達でモデルやってくれる子とかいねえの？」

「俺、女の子の友達なんかいないっすよ。それに、同期なんてみんな働いてるし、ダッチワイフ作るってんじゃあ、さすがに協力してくれそうもないっす」

「うーん……何かいい方法ねえかなあ」

しばらく黙って考えていたが、ふと、そういえば大学時代に美術モデルというのを呼んでいたのを思い出した。熱心なヤツらは授業以外でも自分たちで立ち上げたサークルでモデルを呼んでデッサン会を開いていたっけ。

相川さんにそのことを言うと、プロのモデルなら申し分ない、さっそくその美術モデルとやらを呼ぼう、と言い出した。

「でも、さすがにダッチワイフ作るってのは言えないっすよ、やっぱ。しかもデッサンじゃなくて型取りだし……」

「うーん……」

大将がカウンター越しにホッケを差し出した。

「あれ？　ホッケなら、俺も食ったよ」

「俺が食ってないんです」

僕がホッケを食べ始めると、相川さんも箸を伸ばしてきた。まあいいんだけど。するといきなり「ん！」と言いながら背筋を急に伸ばしたので、僕はてっきり骨がのどに刺さったかと思い、慌てて大将に水をもらって差し出した。すると相川さんはキョトンとしてこちらを見た。骨がのどに刺さったのではなく、名案がひらめいたのだそうだ。なんだよ。

「不謹慎かもしれねえけどさ。乳がんで乳房を切除した人の、人工乳房ってあるだろう。あるんだよ。あれを作るってことにしたらどうかな？」

「思いっきり不謹慎すね……」

「でも俺たちだって切実なわけだし。俺、この人形、立派に完成させてから引退したいんだよ」

　相川さんは今年定年だった。はるか昔の三十代の頃、それまでのサラリーマンをやめて友人と事業を起こしたのだそうだ。だが上手くいかず、挙げ句その友人に有り金全部持ち逃げされて、妻子にも逃げられて自暴自棄になっていた頃に、社長に拾われてこの工場をまかされることになったのだそうだ。

　最初は社長と二人三脚。作るのは相川さんで、売るのが社長。次第に会社は軌道に乗り、今では都心にショールームを設けるまでになった。社長は相川さんを、体力を使う製造ではなく、専務として販売にまわらないかと誘ったが、相川さんは断った。その頃には、人形を作る面白さに取り憑かれていたらしい。ホームレスになっていてもおかしくない自分を拾ってくれた社長にせめてもの恩返しがしたいから、最後に新しい素材で、誰も見たことのないようなドールを作りたいのだと熱っぽく語った。

僕は先輩に連絡を取った。先輩は快くモデル事務所に連絡をしてくれ、小沢園子という、僕と同い歳のモデルが来ることになった。


来るとなったら、この怪しげな工場の中をなんとかしないとさすがにマズいだろうと考えた僕たちは、モデルさんが来る日（ついモデルに「さん」づけしてしまうのは、学生時代の名残だ）、怪しいものはあらかた奥の部屋にしまい込んだ。

医療関係者らしく見えたほうが怪しまれないんじゃないかという相川さんの提案により、白衣を着ることになった。かえってとても怪しかった。場末の工場に、白衣はないだろう。だが相川さんが譲らないので、僕も仕方なく白衣を着用した。

むやみに人がいるのもおかしいし、田代さんはじめとするおばさん軍団はきっとボロが出ると思ったので、日曜日の昼間に型取りを実行することにした。その日は晴れて、とても暑い日だった。

モデルを待っている間、相川さんがお茶を飲みながら眉間にしわを寄せた。

「そういえばさ、顔はまあブスでも関係ねえからいいとして。いやまあ、可愛いほうがいいんだけど。まあ、別としてだ。ものすげえ乳の小さい子が来たらどうすんだ？

それか、ホルスタインみてえなのが来ても困るしよ」

「そういえばそうですね……」

先輩にはモデルの手配をお願いしただけで、胸の形や大きさはどういった感じがいいなどは、一切伝えていなかった。

二人して今さら不安になっていた頃、工場の入口をノックする音がした。緊張が走る。相川さんが「お前行ってこい」と目で合図するので、慌てて玄関まで向かった。

「あの、モデル事務所から来ました、小沢といいます」

ドアを開けた瞬間、僕は息をのんだ。美しい女性が目の前に立っていたからだ。彼女は長い髪を後ろに束ね、耳には小さな緑色のピアスをしていた。色白で、紺色のタンクトップにロングスカート、サンダルという涼しげな出で立ち。清楚な佇まいながら、視界に飛び込んできた胸は、服を着ていても形がいいことが見て取れた。

先輩ありがとう!!　僕は心の中で大声で叫んだ。

先に立って彼女を工場の奥へ連れてくる時、相川さんに向かって小さくガッツポーズをすると、にやりとした笑い顔が返ってきた。

空気の淀んだ工場に、白衣を着た初老の男と若い男。怪しさ満点だったと思うが、園子はあの時どう思ったんだろう。

「あの、着替えはどこで？」

そう言う彼女を、いつもおばさんたちが梱包作業をする部屋へと案内した。案内してからハッとした。そこに、ダッチワイフを詰め込んでいたからだ。だが時すでに遅し。それに、着替えができる部屋が他にない。僕は部屋へ入るなり、慌てて手足を曲げて仰向けに寝ているダッチワイフたちに、布をかけた。

「あ、ちょっと、失敗作で。マネキンが劣化して、手足が曲がっちゃうんですよ」

マネキンが劣化して手足が曲がるなんて聞いたことがない。だが彼女はあまり気にしていないようで、「そうですか」とだけ言った。今考えたら、あんな嘘はお見通しだったんじゃないかという気がする。だとしたらあの時の必死な自分がなんとも気恥ずかしい。

とにかく着替えてもらうことにして、僕と相川さんはドキドキしながら彼女を待った。

僕は大学の授業で裸の女の人を見る機会は何度もあったから、医療関係者という嘘がバレるんじゃないかというドキドキ、相川さんは元奥さんや工場のおばちゃんや風俗嬢でない女の人の裸を見るのが初めてというドキドキ。僕たちはお互い質の違う鼓動を刻みつつ、でもその緊張を互いに隠し合うように、無駄にお茶を飲んだりしていた。童貞の中学生たちがエロ本を見つけてえらい興奮しているくせに、相手に余裕をかましてみせるような感じだった。「俺、そんなの見たことあるよ」といった風な。

着替えて出てきた彼女に、僕らは感嘆のため息が出そうになった。休憩着の黄色いパレオを羽織った彼女は、場末の工場に舞い降りた天使みたいに見えたんだ。相川さんなんて、もう死んでもいい、くらいの何とも言えない嬉しそうな顔をしていてものすごく間抜けだった。


座ってからの状態の胸と、寝た状態の胸と、二つの型を取らせてもらうことになっていた。胸のまわりをぐるりと石膏で囲うので、石膏が乾くまでの間身動きが取れない。椅子にはなるべくクッションをたくさん敷いたが、乾くまで早くても三十分はかかるから、モデルの仕事は実は肉体労働だ。

彼女は一旦自分の束ねた髪の毛からゴムを外すと、器用に手ぐしで高い位置にお団子を結った。白く細い首筋につい目を奪われてしまいそうになったが、変に思われないよう慌てて目をそらした。

「クッション、もう少し敷きましょうか？」

尋ねると、彼女は座り心地を確かめた。

「大丈夫そうです」

それから小さく「あ」と言って、

「ピアス、取ったほうがいいですよね？」

と、両耳のピアスを外した。僕はティッシュを取って、作業机の片隅にそれを置いた。

「すみません。ありがとうございます」

いよいよ作業に取りかからなければならない。だが「じゃあ脱いでください」と言うのもなんだかいやらしい感じがするし、どう言って始めたらいいんだろうと思いあぐねていたら、座っていた彼女が、自分のほうから首の後ろの結び目をするりとほどいた。まぶしいとはこのことだ。僕も相川さんも、思わず「おおー！」と拍手喝采しそうになるのをこらえるのに必死だった。

それくらい、きれいだった。胸はたぶん、Eカップくらいはある。大きいけれど、何より形が良かった。張りがあって、やわらかそうで、色白のきめ細かい肌をしていて、そして乳輪は、乳輪は……。ミルクティーみたいな色だった！　ブラボーとしか言いようがない。

今まで見たどんな女性の裸よりも、神聖な感じがするくらいきれいだった。こんなきれいなものが世の中にあるなんて。僕は童貞に戻った気分だった。いや戻っていた。確実に。

一瞬ぼーっとして固まったままの僕を、相川さんが足先で小突く。それでようやく溶かしていた石膏を手に取った。

「あ、じゃあ、よろしくお願いします。ちょっとヒヤッとするかもしれませんけど」

頭を下げると眼鏡がズリ落ちる。ズリ落ちた眼鏡を掛け直すと視界のピントが合って彼女の胸が目の前に飛び込んでくる。僕はまた緊張してしまいうつむく。また眼鏡がズレる。掛け直す。緊張する。バカみたいに何度かそれを繰り返した。

「はい。よろしくお願いします」

工場の中には一応冷房設備はあるが、モデルさんは裸なわけだから、学生時代の授業でもそうだったように、二十八度に設定している。

無駄に白衣なんか着ているもんだから、僕らニセ医療関係者にとってこの部屋はとても暑かった。ただでさえこの暑さで眼鏡が曇りそうなのに、極度の緊張も伴って、額からは滝のように汗が流れた。

袖で汗をぬぐってから、小さく深呼吸。そしてパテで石膏をすくい取ると、ペタリ、と石膏を彼女の肌につけた。やはり少し冷たかったのか、ピクリと動いて胸の谷間のあたりに鳥肌が立っていた。鳥肌が間近に見えるくらい、僕は彼女の胸元に顔を寄せているのだ。

「だ、大丈夫ですか?」

「あ、はい。大丈夫です」

相川さんはすっかり気後れしてしまったのか、一向に石膏を彼女の肌に塗る気配がない。ただ、後ろに下がって腕組みしながら様子を見ているだけだった。

昨日の夜、「石膏は俺一人で塗る」「いいや、俺が塗ります」と僕らは五回戦勝負のジャンケンまでしていた。結局相川さんが三対二で勝って、負けた僕は悔しさのあまり床をのたうち回り、相川さんは両手を腰にあて仁王立ちして得意げに僕を見下ろして笑っていたというのに。今日、いざ練り終えた石膏を相川さんに手渡そうとすると、「俺、無理」みたいにすすっと後ろに下がってしまったのだ。あとはただもう見ているだけだった。相川さんも童貞に戻ってしまったのだろう。わかる。わかるよ。僕だっていっぱいいっぱいなんだ。

そんな相川さんのほうをふと振り返ってみると、なぜだか大きく頷いた。

何なんだろう、あれは。

疑問に思いもう一度振り返ると、「いいから、集中してやれ」とでも言いたげな表情で煙たそうに僕のほうを見返した。もしや、相川さんが先生で僕が助手という設定なのだろうか。どういう魂胆か、ためしに聞いてみることにした。

「先生、こんな感じですか？」

すると腕を組み直し、いかにももったいぶって答えた。

「うん。もう少しだけ薄くても大丈夫だ」

やはりそういう設定ということらしい。

もう何なんだ、このおっさんは。

笑いをこらえ過ぎて鼻の奥から「うぐ」という変な音が出てしまった。腹の筋肉がつりそうだった。緊張し過ぎてしまい彼女の肌に石膏を塗ることはできなくとも、せめて「先生」という形で彼女に尊敬の念を抱いてほしいという考えのようだ。相川さんのそのバカバカしいほど健気《けなげ》な魂胆はしかし、僕の緊張を少しばかり解いてくれるのに役立った。

ぐるりと石膏を塗り終えると、乾かないうちに切り金という薄い金属片を差し込む。この切り金は石膏を二つに割るための仕切りみたいなものだ。彼女の肌を傷つけないよう、胸の部分の両脇に、一枚一枚慎重に差し込んでいく。何せ生身の人間に切り金を差し込むのなんて初めてだ。

それから乾かすことになる。少しでも速く乾くように、僕たちは冷房を切ってから扇風機を取り出し、片手にはドライヤーを持って石膏を乾かした。

風で目を細める彼女は、少し苦しそうに見えた。

「大丈夫ですか？」

「はい、大丈夫です」

その声が風にたわむ。時折僕のほうにも風が来て、その風が彼女の使っているシャンプーの匂いを運んできた。

上半身裸で石膏を胸にだけつけて工場の片隅で扇風機二台とドライヤーを手にした汗だくの男二人に囲まれている彼女の様は、万一他の人が見たらなんとも異様な光景に映ったことだろう。

石膏が乾いて取り外してから、少し休憩して、それからまた今度は寝た状態で型取りさせてもらった。マットの上、背中部分に石膏を敷いてから、その上に寝てもらう。

冷たい、と笑った彼女に僕らはもう、鼻の下伸びまくりだった。背中の石膏に姿勢を固定させるために少しだけ彼女が動くと、当然胸も揺れる。

ああ神様は、なんてものをこしらえなさったんだろう。こんな素晴らしいものを目の前にしながら手も足も出せないなんて、これはもう何かのプレイですか。

僕は涙ぐみそうにさえなった。

「あの、どうぞ」

その声に僕は慌てて石膏を塗り始める。彼女の横にひざまずき、石膏を塗る。このおっぱいを触ったら、どれくらい気持ちいいんだろうか。ミルクティーのおっぱいは、僕のすぐ目の前にあるんだ。いっそ素手で石膏を塗りたい。なんか間違ったふりして触ってみたりできないかな。というそんな思いを絶対に悟られないように、僕は淡々と作業を進めた。

「なんか、大変ですね」

「えっ⁉」

必死で欲望を隠し通すのは大変ですね、と言われているような、心を読まれているような気がして、つい動揺してしまった。相川さんはそんな僕の様子がおかしかったのだろう、離れたところからくくくと小さく笑っていた。

「私の乳房が少しでも誰かの役に立つんなら嬉しいんですけど」

ごめんなさいごめんなさいごめんなさい。

僕も、そしてきっと相川さんも、心の中で何度も謝った。「誰か」の役には立つんです。確実に。でもそれはあなたが思っているような、何というか、社会的に立派なことではなくて。でもそれを必要としている人は確実にいて。きっとあなたが思っているような「誰か」でないことに、ごめんなさい。

寝た状態だと背中の通気が悪いので、固まるまでに一時間かかった。日曜日の昼下がり、工場の近くのセミの鳴き声が聞こえる中、彼女は扇風機の風が気持ち良かったのか、少しうたた寝したようだった。閉じたまぶたの、真っすぐなまつ毛が、濡れたように輝いていた。

それから石膏が乾くと、作業は無事終了した。パカリと石膏を外すと、彼女は気持ち良さそうに伸びをした。なんだかもう、裸ということはあまり恥ずかしくないみたいに。そしてチラリと自分の胸元を見ると、

「あ、あせもができちゃった」

と屈託なく笑った。

僕は、彼女のことを好きになってしまった。

着替えに行った彼女の部屋に、お湯を入れたバケツとタオルを持っていく。

「すいません、ここ、シャワーとかなくて……」

「大丈夫です。こちらこそすみません。タオルお借りします」

僕が部屋を出ると、相川さんはすりガラスにセロハンテープが貼られている部分から中を覗いていた。

「何やってんすか」

「いいじゃねーか、減るもんじゃなし。お前も見ろ。下にも見えるとこあるから」

この時確信した。相川さんは常習犯だ。ガラスが割れているわけでもないのに貼られているこのセロハンテープの意味が、しみじみとわかった。

何やってんすかと言いつつ、僕も思わず中を覗いた。もう立派な犯罪だ。でもそんなことはどうでもよかった。彼女はパレオを脱ぐと、絞ったタオルで身体を拭き始めた。こちらからは背中しか見えないのだが、まるで銭湯を覗いている気分だ。夢中になって見ていたら、相川さんが僕を小突いた。

「お前、あれ、触ってこい」

「は？」

「乳。あの子の。手触りがわかんねーと再現できねえだろう」

「何言ってんすか。相川さんが行ってくればいいじゃないすか。つうかそれ絶対無理ですよ。絶対通報されますよ」

「行けよ。通報されたら俺が責任を取る。お前、触りたくねえのか？」

「触りたいっすよ。すんげー触りたいっすよ。でも」

「でももへったくれもあるかよ。男だったら行ってこい」

男だったら女の乳を触りに行けというのはものすごく強引だったのだが、再現するためには確かに手触りも知っておきたい。でもそんな「再現する」という高尚な目的でもなく、実際触りたい。普通に、男として。

するとと相川さんは僕が返事をするまでもなく不意に姿勢を正し、声をかけた。

「あのう。すいません」

「はい」

彼女は再びパレオを素早く羽織ると、扉のほうに近づいてきた。

「はい？」

「あの……。非常に言いづらいんですが、一つお願いがありまして……」

「何でしょう？」

「あの、我々は人間の乳房を再現するというのが目的でして、その、型を取るだけでは不十分なところがあるんですよ」

彼女はしっかりとこのニセ先生の言うことに耳を傾けている。

「それで……その。あなたの乳房を、助手の北村に触らせてもらえないでしょうか。触診みたいなものなんですが。ダメでしょうか？」

彼女はその場で考え込んでしまった。僕はついに疑われているのだと思った。いくらなんでもやり過ぎだ。

「あの。嫌でしょうから、いいんです。無理はなさらないでください。変なお願いをして申し訳ありませんでした」

僕が慌てて謝ると、下を向いていた彼女は、きっぱりと顔を上げた。

「いいですよ。お役に立てるなら」

なんだこのシチュエーションは。畳の八畳ほどの部屋の、日の暮れかけた時間に。僕は上半身裸の女性と向き合って、あろうことか乳を触ろうとしている。しかも、向こうも承知の上で。

鳴きわめくセミのおかげで、僕がつばを飲み込む音は彼女には聞こえてないようだ。今日ほどセミの合唱に感謝した日はない。

おそるおそる手を伸ばす。彼女も緊張しているようだ。右手で左の乳房を。左手で右の乳房を。ゆっくりと触る。微かに、震えた。触った瞬間思った。

お母さん、天国ってこんなところにあったんだ……。

そして強く願う。鼻血が出ませんように。

「少し……感触を確かめさせてください」

声がうわずってないか心配だった。彼女は小さく「はい」と答えた。

医療行為だ、これは医療行為の一環なんだ、そう何度も頭の中で反芻しなければ、僕の下半身は大変なことになりそうだった。ああでも。それは夢のような触り心地だった。彼女の鼓動が手から伝わってくる。どれくらい触って（というかもう、揉んでいたと思う）いたんだろう。長い時間だったような。あっという間だったような。ただ、ほどなくして、手のひらに今までとは違う感触を感じた。

僕はハッとして彼女の顔を見た。彼女は顔を真っ赤にしてうつむいてしまった。彼女の乳首の感触が、僕の手のひらに当たっていたのだ。今日、相川さんがいなかったら僕はこのまま彼女を押し倒していたかもしれない。彼女の乳首が固くなっているのを感じ取った瞬間、僕は慌てて手を離した。

僕の理性というものは自分が思っている以上に立派な気がした。気弱とも言うのかもしれないが。

「もう……いいですか？」

「あ、はい。どうもすみませんでした」

いかんともしがたい気まずさが漂い、そそくさと部屋を出る。彼女もそそくさと服を着始めた。

相川さんは封筒に今日の日当五万円を入れていた。僕はなんだか申し訳なくなってきて、自分の財布から一万円取り出して、封筒に入れてくれるようお願いした。それも失礼なことかもしれないとも思ったが、あんな、胸まで触っておいて、ギャラなんて五万と言わず十万でも二十万でもあげてほしい気分だった。六万円なんて少ないと思ったが、僕が払えるのはせいぜい一万円だった。お札のしわを伸ばしてから、相川さんに手渡した。

着替えて出てきた彼女は、始終うつむきがちだった。無理もない。相川さんが封筒を手渡すと、軽く会釈してから足早に工場を後にした。

「すいませんでした」も違うし、「ありがとうございました」も違うし。僕は彼女に何て声をかけていいかわからなかった。言葉を探している間に、彼女はさっさと帰ってしまった。

「あ〜あ、行っちゃった。どうだよ北村。どうだったよ？」

嬉しそうに尋ねても僕が失恋したみたいにうなだれて座り込んでいるものだから、相川さんは先ほどまでの調子とは打って変わって、今度は心配そうに近づいてきた。

「何だお前、何かあったのか？　何かしちゃったのか？」

「いや……触りました」

「何か言ってきたのか？　訴えるとか」

「いや、そんなんじゃないです……」

僕は本当に、失恋したみたいな気分だったんだ。もう彼女と会う術がない。それに、絶対に嫌われてしまったに違いない。ため息をついてから、俺もう帰ります、と言った時、作業机の片隅のティッシュが目に入った。彼女のピアスだ。高いものかもしれないし、返さなければ。

気がつくと僕はティッシュにくるまれたピアスを片手に全力で走り出していた。まるで青春映画の主人公みたいに。

真夏。白衣を着て工場地帯から走ってくる男は、まわりの風景からさぞ浮いていたことだろう。

最寄りの駅までは徒歩で十五分ほど。僕は必死になって走った。夕暮れ時だというのに、沈むまいと粘る夏の陽射しは殺す気かというくらい容赦なく照りつけてくる。彼女はけっこう、いや、相当、歩くのが速いらしい。姿が見えない。さっき工場を出たばかりだと思ったのに。それとも、バスで帰ったか。だがようやく駅の階段に近づくと、そこには、紺色のタンクトップにロングスカートがチラリと見えた。見えた途端、大声で叫んでいた。

「あの！　すいません！　モデルさん!!」

彼女は驚いたように振り返った。居合わせた人たちも僕のほうを見ていた。モデルさんなんて叫んだもんだから、少しバツが悪そうだった。彼女が数段下りてくる。僕はさらに速度を速めて彼女のもとへ走る。息を切らせながら、ティッシュを差し出した。

「これ、忘れ物です」

彼女は「あ」と自分の耳たぶを触り、丁寧にお辞儀をした。

「すみません本当に。こんな暑い中……」

絞れそうなほど、白衣までもがぐっしょりと濡れていた。なおもダラダラと際限なく流れ落ちる汗は眼鏡にも溜まり、僕は単なる不気味な男と化していた。

「いえ、大事なものかと思って……」

暑さでうまくろれつがまわってないような気もしたが、そう言うのがやっとだった。するとと少しだけ申し訳なさそうな顔をしてから、彼女が言った。

「五百円です」

「ごひゃ……五百円……」

僕は息切れしながら、きっと彼女がここまでやってくる往復の交通費よりも安いものだろうと思うと気抜けしたのと同時に、なんだかおかしくなって、あ、そっすか、と笑った。向こうも笑っていた。

「わざわざ、ありがとうございました」

彼女がまた頭を下げる。このままだと二度と会えなくなるかもしれない。人間、切羽詰まれば思いもよらないことが出来るものだ。あの時の自分の行動には、今でも驚いてしまう。

僕は彼女の手を取って、じっと見つめ、言っていた。

「あなたのことが好きになりました。好きになってしまいました。僕と、つき合ってください」

あんなにハッキリと誰かに好きだと伝えたのは、きっと僕の人生においてあの時が最初で、そして最後だろうと思う。僕はしっかりと彼女の手を握っていた。ふいに、さっき手のひらの中に確かにあった彼女の乳首の感触を思い出して、我に返った。一体何をやっているんだ。でも、この手をどうしたらいいかわからない。

切羽詰まった僕の殺気立った表情と勢いに押されたからか、それとも彼女も同じ気持ちだったのか、キョトンとしたまま、だが確かに、コクリと頷いた。

僕たちは、晴れて、恋人同士となった。


型取りから一ヶ月が過ぎようとしていた。僕は彼女とは医療関係者およびマネキン製造者ということで出会っているので（そんな職業あるんだろうか）、本当はダッチワイフの造形士でこないだの型取りはダッチワイフに使用するものだということをどうしても言うことができず、隠し通すことにした。そのほうが、きっとお互いのためだ。園子は実家暮らしだったので、ご両親にも変な心配をかけずに済む。ほんの少しだけの後ろめたさはあったものの、あとは毎日夢のようだった。会えない日は電話でたわいもない話をし、会えた日は必ずセックスした。つき合って一ヶ月なんて、ただただ楽しいだけの時期なんだろう。

そして、シリコンドールの第一号が完成しようとしていた。胸のやわらかさは、胸の部分のシリコンを薄くして、中子にウレタンを絶妙な分量で入れることにより、よりリアルな乳房を再現することができた。起きている状態の時にはまるい乳房で、寝た形になると、少し肉が流れるのだ。相川さんがニコニコしながら第一号の乳房を揉んでいる。

「いいなあ。お前これ、本物を毎日こう、揉んでるわけだろ？　いいよなあ。俺も揉みたかったなあ。なあ、ちょっと園子ちゃんに頼んで揉ませてくれない？」

「何言ってんすか。嫌ですよ」

「お前なあ、俺のおかげだろう、園子ちゃんとつき合えるようになったのは。乳を触らせてやったのも俺だ」

「実際に乳を触らせてくれたのは園子です」

「くそー。なんで俺あの時何もしなかったのかなー」

「なんで何もしなかったんですか」

一瞬考えてから相川さんは口をすぼめながら言った。

「だってよお。歳の差とかさ」

「歳の差気にするなんて、マジにつき合おうとしてたんじゃないですか」

「うーん……。あの子、きれいだったろ？　なんてえの？　俺のこの職人の黒ずんだ手でさ。触っちゃいけないような気がしちゃったんだよな。俺なんかが触っちゃいけないようなさ」

「でもその手は職人の証じゃないですか。俺は、いい手だと思います」

実際、相川さんの手はゴツゴツしていて、やけどの痕がいくつもあり、手の皮は厚くなっていた。でもその手で歴代の数々の人形を作り、大ヒット商品まで作り出してきたのだ。立派な手のはずだ。

僕が褒めると、相川さんは「そうか？」と目尻にしわを寄せた。照れ隠しなのか何なのか、今度は僕の股間を触ってきたので、僕は工場の中を逃げ回った。田代さんに助けを求めると、「ダメよキンキン。ここはあたしんだから」と、かくまうどころかおばさんまで手を伸ばしてくる。僕は悲鳴を上げながらさらに逃げた。アホで平和な会社だ。今思うと、僕の人生において、一番平和な頃だったのかもしれない。

午後、社長がやって来て試作品を見た。胸を触り腰を触り、人形のメイクひとつひとつも、注意深く観察した。そして言った。

「合格だ。注文を取ろう」

試作品に服を着せインターネットで告知すると、反響はすさまじいものがあった。一体六十五万円という高値であるにもかかわらず、一回目の予約注文で予想を遥かに超える百五十体の注文が来てしまい、一旦予約をストップすることになった。価格が高いのは、コストがどうしてもかかってしまうからだった。だがその分、妥協はしなかったつもりだ。

シリコンドール第一号の名前は、「幸子」と名付けられた。ぽってりとした唇に、二重の大きな瞳。どこか幼さを残しつつ、八十七センチというバストは、ダッチワイフファンを魅了した。幸子という名前はどこか幸薄そうな感じがするから嫌だと言った僕に対し相川さんは、

「バカやろう、幸薄そうな女のほうがいいんだよ、一人で生きていけそうな女より、俺が何とかしてやんなきゃと思う女のほうがいいだろ」

と言った。僕にはよくわからなかったが、それは当たっているようだ。ネットではマニアたちが「僕のさっちゃん」などと言って自分のホームページに写真を載せたりしていた。

このドールの出現は、単にダッチワイフをダッチワイフとして使用する人のみならず、人形を擬人化してコスプレをするというようなマニアを生み出した。マスコミからも大いに注目されたが、それは好奇に満ち満ちたもので、悪意的なものも沢山あった。犯罪でもないのに個人の趣味嗜好を攻撃されることに怒りととまどいを憶えたが、

世間の目とはそういうものだ。僕はますます、園子にはこの仕事のことは言えないと思った。「幸子」は園子の胸から型取りした人形なわけで、本人がそれを知ったらショックを受けるに違いない。僕だって騙していたことがバレるわけにはいかないのだ。

百五十体の注文をさばくのにはきつい労働を強いられた。工場はフル稼働。僕も相川さんも朝九時から夜遅くまで残業する羽目になった。型取りをし、胴体と頭をくっつけ、型取りした際にはみ出したシリコンを丁寧に切り取り、カツラをつけ化粧をし……。幾度となく同じ作業を繰り返した。

百五十体の人形を作り終えるまでには、四ヶ月かかった。季節はすっかり冬になり、ミレニアムが終わりかけ、ついに二十一世紀が迫っていた。

この四ヶ月というもの、休みの日は疲れ果ててデートなんかする余裕はまるでなかった。つき合い始めたばかりなのに、愛想を尽かされるんじゃないかと心配だったが、それでも園子は文句ひとつ言わなかった。

十二月三十一日。ようやく、最後の一体を作り終えた。夜は十時をまわっていた。工場で働く七名、全員で喜んだ。家族のいる人たちは「良いお年を」と帰っていったが、田代さんが初詣に行こうと言い出した。僕はすぐに園子に連絡して、金町駅で待ち合わせた。

初詣に行くのは田代さんと相川さんと、園子と僕という四人。みんなでバスに乗って、柴又帝釈天まで行った。なんだかグループデートみたいだ。

泊まり込みで作業していたから、三日風呂に入ってない。臭い？　と園子に聞くと、うーん、と笑っていた。

帝釈天は人でごった返していた。年が明けるまでにはまだ三十分はあろうかというのに、新年を待ちきれない人たちが続々と集まってきている。寒いので甘酒を飲んでから手を洗い、境内の人ごみに押しつぶされそうになりながらも参拝することにした。押し合いへし合い、気づいたら相川さんと田代さんペアはずいぶん前のほうに行っている。老人パワーだろうか。僕は園子の手を離さないよう、しっかり握った。向こうも握り返してきた。圧死寸前の状態で身動きが取れないままでいたのだが、どこからともなくカウントダウンの声が聞こえてきた。そして爆竹。地元のヤンキーは粋な計らいをする。

園子が僕の手を握りながら歓声に消されないように必死で言った。

「あけましておめでとう」

「あけましておめでとう」

爆竹の、火薬の匂いがここまで漂ってきた。

世界のことなんて考えたこともない僕が、世界中が幸せになればいいのになと思った。

やっと僕らの順番が来て、お賽銭を入れて隣り合って手を合わせる。ほどなくしてから振り返ってみた。まだまだ人は続々とやって来ている。年寄りも、若いやつらも、子供も、男も女も犬も鳥も。きっとつまらない日常を抱えている人たちも、この日ばかりは顔を輝かせているように見えた。女子高生は友達同士ではしゃぎながら絵馬を書き、子供たちは夜店の射的を夢中でやっていた。

「おじさん、これ威力弱いから当たっても落ちねえよ！」

「嘘つくな。当たってねえだろう」

「嘘じゃねえよ。当たってるよ」

のらりくらりかわしていた夜店のおっさんも、子供の猛抗議に根負けしたのか、渋々クレヨンしんちゃんのお菓子を渡していた。子供は受け取るとすぐに弟と一緒にお菓子を食べ始め、今度はおみくじのほうへと駆けていった。

思い描いた二十一世紀とは大違いの光景。変わるものと変わらないものと。変わりたくても変われないものと。

遠くで、僕たちを見つけた相川さんと田代さんが割り箸で挟んだお好み焼きを食べながら手を振っている。いい大人が、嬉しそうに口にソースをつけながら。園子が手を振り返す。

夜店の電飾は煌々と輝き、その光に照らされた人たちを見ながら、今ここにいるこの人たちは、変われないほうの人たちなんじゃないかと思った。射的をやっていたあの小さな子供は、大人になってもきっと新年だけは思い出したように目を輝かすだろう。

僕は握った手にさらに力を込めて、園子に言った。

「結婚しよう」

爆竹がタイミングを見計らっていたかのように高らかに鳴り響いた。


一瞬音がなくなったみたいだった、と数日後に園子は言った。びっくりしてまわりの音が一瞬消えたのだそうだ。聞き間違いかと思って僕の顔を見たらあまりに真剣な顔つきだったから、慌てて「はい」と返事をしたのだという。

年が明けてすぐに、僕は小平というところに住む園子のご両親に挨拶に行くことになった。出会ってから五ヶ月で結婚を決めたことに、園子の両親のみならず、まず電話で報告した僕の両親も驚いていた。特に園子の父親は、一人娘だしこんな若造でいいのだろうかと思ったみたいだった。無理もない。

反対されてしまうんじゃないだろうか、下手すると殴られるんじゃないだろうかとヒヤヒヤしながら、緊張の面持ちで出かけた。僕はスーツなんて一着も持っていないから、先輩に借りた。先輩は足が長いのでスーツの裾が余ったが、園子が安全ピンで留めてくれた。

園子のお父さんは物腰もやわらかく、娘が幸せになるならと、反対するようなことはなかった。お母さんはその横でニコニコしていた。沢山の愛情を注がれて園子は育ってきたんだろうな、と感じた。

僕は慣れない正座をしたものだから挨拶が終わってもうまく立ち上がることができず、尻餅をついてしまった。するとご両親は声をあげて笑いだした。お父さんも、かつて同じことをしたらしい。

「娘を頼みます」

尻餅をついたままの僕にお父さんは歩み寄り頭を下げ、両手で握手を求めてきた。なぜだか涙がにじんでしまったのは、その手が思いがけずあたたかかったからかもしれない。でも僕は足のしびれのせいにした。

長野の僕の両親にも挨拶するため園子を連れていくと、「でかした哲雄！」と言わんばかりに喜んでくれた。美人で、しっかりものの同い歳の嫁に、家族全員安心していたようだった。

「哲雄にはもったいない」と、祖母も父親も母親も兄貴も兄貴の嫁もみな一様に口を揃えて言い、母親に至っては「ほんとに哲雄なんかでいいの？」と余計なことまで聞いていた。園子は笑って「はい、哲雄さんがいいです」と答えてくれた。

新しい人形を作ったら引退すると宣言していた相川さんは、予想を超える注文数のおかげでまだ引退できないでいたが、毎日嬉しそうに人形を作っていた。相川さんに園子と結婚することを告げると、まるで自分のことのように喜んでくれた。僕たち新米夫婦をいつもの居酒屋に連れていってくれて、お祝いをしてくれた。だがここでも相川さんは園子の前ではあくまで「先生」なわけで、僕は「助手」である。お互いダッチワイフ作りがバレないように冷や汗をかきながら飲んだおかげか、まったく酔わなかった。園子は始終楽しそうに酒を飲み、つまみを食べていた。

先輩は、お祝いにフランス製のやたら重い鍋をくれた。二人で飲みに行った時の帰り際にぽんと手渡すので、「重いっすよ」と言うと、「ばかやろう、高いんだぞ」と怒られた。オレンジ色のその鍋を、園子はとても喜んだ。

　桜のつぼみはまだまだ固かったが、じき春が来る。僕らは庚申塚という都電荒川線沿線の駅の近くに新たにアパートを借りて、一緒に暮らし始めた。

　籍はすぐに入れたのだけど、なにしろ僕たちには金がない。盛大な披露宴なんてできるはずもなかったから、結婚式というものはまだだった。園子も僕も派手なことをあまり好まなかったので、神社で式だけ挙げよう、ということになった。園子は一人娘だから、盛大ではなくてもせめて披露宴はしたほうがいいかなと思ったのだが、園子のほうが披露宴を嫌がった。従兄弟が結婚した時、かなり派手にしたものだから席順がどうだとか誰を呼んで誰を呼ばないとか、引き出物がどうとかやたら大変そうだったので、見ている園子のほうが疲れたのだという。本心もあるだろうが、僕にも少し気を遣ってくれたところはあるかもしれない。

　日毎につぼみがやわらかくなっていき、そうして桜の咲いた頃、僕たちは都内の小さな神社で結婚式を挙げた。といっても、ただ、神主さんの前で将来を誓い合うだけの、いたってシンプルなもの。出席者は、僕の両親と祖母と兄貴と兄貴の嫁、先輩と相川さん、園子の両親と、小学校の時からの園子の友人の美樹ちゃんだけだった。美樹ちゃんは感激のあまり式の間中鼻水を垂らしながら泣いていて、あまりの泣きっぷりにかえって僕らのほうは笑いが出てしまうほどだった。けれど確かに美樹ちゃんが号泣するくらい、園子の白無垢姿は美しかった。この人と結婚するということが、僕自身にわかには信じられないくらいに。

神主さんの前で指輪の交換をする時（神前式でも指輪の交換をすることに少し違和感はあったが）、僕はとても緊張してしまい、指が震えていた。すると園子がにっこりと微笑んで、声を出さずに「だいじょうぶ」と口の形を動かした。僕はその姿を見て、ああ、この人が奥さんになるんだなあと、なんだかしみじみとしたものだった。

この人となら、僕は一生間違わずに済むんじゃないか。美人で、清楚なのに乳はでかくて、料理もうまくて、しっかりしてて。そんな完璧な人が、僕の奥さんになったのだから。誰もがうらやむ奥さんだ。

式が終わると写真を撮って、みんなで食事をした。日本風の神前式だったくせに和食ではなくちょっとだけ高級な中華料理屋へ行った。本当に何でもないけれど、いい結婚式だったんじゃないかと思う。

結婚というものがよく理解できていない、理解できていないから結婚というものに飛び込めたのかもしれない、二十八歳の時のことだ。

仕事は、恐ろしく順調だった。恐ろしくというのは、注文が後を絶たないからだ。後を絶たないから、毎日残業する羽目になる。僕は、世間で言う新婚のくせに、あろうことかセックスの途中で寝てしまうこともあるくらいだった。だが園子は怒りもせず、笑って布団をかけてくれた。

「ごめん……」

「いいから、ゆっくり寝て」

当然だが新婚旅行に行く余裕もなかった。彼女は絵のモデルは辞めていたが派遣社員を続けていたし、収入的に旅行になんて行く余裕がないということはなかったが、とにかく、注文が次から次にやってくるので僕の時間が取れなかったのだ。インターネットの普及のおかげで、海外からも注文が来てしまう。

相川さんは一線を退いたものの、パートタイムで来てくれる。というより、来てもらわないととてもじゃないが仕事がこなせなかった。注文を再開すると軽く百体を超える注文が殺到する。その百体をこなせば少しは時間が出来るはず、そうしたら園子と近場でもいいからとりあえず旅行に行こう、そう思って数ヶ月を要してやっと作り終えると、また次の注文が入る。加えて、最初に作ったドールがメンテナンスのために修理品として送り返されてくるので、その修理もしなければならない。

この頃はまだシリコンの安定性も未知数で、なおかつ、シリコンの扱いに慣れていない人が多かったので、無理に足を広げたり腕を曲げたりして破損するということがよく起こった。それらのメンテナンスに加え、ドールのバージョンアップが当然のことながら消費者からは求められた。より強度のある、そしてより人肌に近いシリコンの配合といった研究にも時間を割かねばならなかった。

とにかく、毎日働き詰めで疲れていたと思う。自然、セックスの回数も減っていった。セックスするより身体を休めたかった。心の中で園子に謝りつつ、僕は仕事に邁進した。

季節はあっという間に新しい景色を幾度か繰り返した。園子と出会ってからだとセミは五回鳴いたし、結婚してから、桜は四回、咲いては散った。二十世紀に見た風景とよく似た、似ているけれど確実に新しい風景。

僕は相変わらず工場の片隅でダッチワイフを作る毎日だ。たまの休みで一日中家で寝ていても、園子は文句も言わず、僕の身体をいたわってくれた。相変わらず優しい妻だった。

僕も園子も、三十一歳になっていた。セックスはもう、この頃にはほとんどしていなかった。前にしたのは半年以上前のことだ。

園子は従順で、疲れて帰ってきても優しい笑顔で出迎えてくれ、あたたかい食事も作ってくれる。相変わらず誰もがうらやむような奥さんだったし、園子は三十代になっても若く、そして美しかった。家のこと全般、よくやってくれた。僕はせいぜいゴミ出しくらいしか家事はやっていないのに、園子は十時から五時まで会社で働きながら、美味しい夕飯を作り、風呂をわかし、休みの日には掃除をし布団を干し洗濯をし、とにかく、完璧というほかなかった。

そんな完璧に色々こなしてくれる妻のことを、あんなきれいな奥さんのことを、おそらく僕は、女性として見ることが困難になっていた。

結婚という安定した生活と、その安定を与えてくれるこの上ない素晴らしい女性に、どこか母親のような感覚を抱き始めていたんだと思う。母親とは当然セックスなんてできないし、加えて、素敵な奥さんを独り占めにしたことは僕に、「この人とはいつでもセックスできる」という身勝手な安心感を与えた。

そんな頃園子の友人の美樹ちゃんが三十一歳にしてできちゃった結婚をすることに

なった。園子はとても喜んだが、親友に子供ができることをどう感じているのだろうと思うと、僕はますます園子とセックスするのがおっくうになっていった。

僕はまだ、子供を持つ自信がなかった。

美樹ちゃんの結婚を境に、これまで以上にセックスとは遠い結婚生活を送ったが、夫婦仲は悪くなかった。園子は性的なことを口にするタイプではなく、向こうから「したい」と言ってくることはなかったし、ケンカもしなければ、家庭の中がギスギスするといったこともない。

園子はセックスに対してとても淡白なんだと思っていた。何も言ってこないから、気にしていないのだと思っていた。


久しぶりに加藤先輩と飲みに行った。先輩は二〇〇二年に、一つ年上の成美さんという人と結婚していた。式には僕たち夫婦で出席した。まだ、一ヶ月に一、二回はセックスがあった頃だ。セックス基準で思い出すのもどうかと思うが。

先輩はちびちびと焼酎を飲みながら、結婚三年目にして、新入社員の子と不倫関係になっちゃったんだよなあと、まるで他人事《ひとごと》のように呟いた。無精髭で強面の雰囲気はあったが学生時代からモテていたので、さほど不思議でもなかった。加えて仕事もできる先輩は、結婚していようがしていまいが、異性が放っておくはずもない。結婚式の時、こんな人の奥さんになるのは大変だろうなと思いながら酒を飲んだことを思い出した。

成美さんとは別の広告代理店で働く人で、背が高く切れ長の瞳は気の強さを感じさせたが、先輩と対等にものが言える人で、先輩もそんな彼女のことを尊敬している感じだった。昔から一癖ある女の人が好みだった先輩には、勝手に、理想的な奥さんのような気がしていた。

成美さんとは今はもうあまりセックスをしていないらしい。どこの夫婦も、こうなるのが普通なのかなあと僕は少しだけ安心したりもした。

店内を見渡すと、僕らと同じ世代の人たちやそれより上のサラリーマンで賑わっている。この人たちも、家に帰れば奥さんが待っていたりするんだろうか。

他の夫婦は、理想と現実とにどう折り合いをつけて結婚生活というものを送っているのだろう。自分自身の変化してゆく気持ちに、どこまで気づかないふりができるものなのだろう。

先輩は、家に仕事を持ち込み過ぎたのが悪かったと分析した。浮気は今のところバレていないし、今は正直、奥さんとの関係をどうこうするよりも、年下の子との不倫を楽しんだほうが仕事にも張りが出るのだそうだ。

問題をうやむやにすればするほど、後になって大きく跳ね返ってくることは、どれほど歳を重ねても学ばないことが多い。この時の僕らも、まさにそうだ。

ふと園子とのことを考えた。このままセックスしなかったら、当然子供もできない。彼女は一体どう思っているのか。

僕の世話だけで終わるかもしれない一人の女性の人生について。深く考えるのは恐ろしいことだった。

その怖さを記憶の彼方に追いやるために、僕は先輩と別れると、珍しく一人でもう一軒ハシゴした。適当に入ったその店は、カウンターと数席のテーブルしかないこぢんまりとした店だったが、静かで雰囲気が良かった。誰かと来るよりもむしろ、一人で静かに飲むことに重点を置いているような店で、実際来ている客のほとんどが一人でグラスを傾けていて、たまに隣の席の人やマスターと談笑する程度だった。

僕はその店で二杯ウイスキーを飲んで、隠れ家を見つけたような嬉しさから、ボトルを入れて帰った。

園子は起きていて、青白い顔をしていた。

「おかえりなさい」

「……うん」

その頃の僕は、青白い顔の妻の体調を心配するよりも、先に寝てくれたほうが気が楽なのに、という自分本位なことしか考えられなくなりつつあった。

以前に比べると、仕事は一段落していた。一時の爆発的な売れ行きはようやく落ち着き、僕もやっと定時に帰れるようになっていた。シリコンドール発売当時とは違い、作るほうのペースも安定し、改良を重ねつつもコンスタントに人形を製作し、販売し、メンテナンスするという流れができていた。メンテナンスはよほど大掛かりなもの以外はおばさんたちがやってくれたし、相川さんは今では週三のペースで手伝いに来てくれるといった具合だ。

シリコンドール第一号の「幸子」に改良を加えた「凜」の売れ行きもまずまずだった。強度や、シリコンのオイルが染みだして劣化してしまうといったシリコン独特の致命的な問題はまだまだあったが、インターネットでの、ドーラーと呼ばれる人たちの情報交換も活発になっていた。そのおかげでそれぞれの持ち主が、ドールにベビーパウダーをはたくといい、などという情報をネットに載せてくれたから、苦情も減った。

彼らが作るサイトによって新たな顧客が増えてもいたし、とにかく職人である僕の仕事は安定していた。それなのに僕は、真っすぐ家には帰らなくなっていた。以前たまたま入ったバーに、ちょくちょく行くようになった。

園子は何も悪くない。だが飲んで帰ってくる僕に、胃に優しい夜食を用意してくれて待っていられるのが、申し訳なかった。いや、申し訳ないというのは違う。息苦しくさえあった。息苦しさを和らげるために、家に帰らず酒を飲んだ。酔っているほんの少しの間だけは気分が軽くなり、それだけを求めて何度も通う。二日酔いの鈍痛は、せっかく軽くなった気分をより深いところへと落とすことを知っていてもなお、僕は酒を飲んだ。

別れたいのかと言えばそうではない。こんな奥さん、他にはいないと思っている。できればこのまま穏便に、一生を過ごせないものかと思っていたのは事実だ。セックスもせず子供も作らず、僕の世話をしてくれる人なんて、他にいるはずもないわけだから。

そんなある日いつものように一人で飲みに行った時、理香という女と出会った。たまたま隣に座り、どちらからともなくなんとなく話しかけたのがキッカケだった。いや、僕は初対面の女性に自分から話しかけることはしないので、何かの拍子に彼女のほうから話しかけてきたのかもしれない。

　理香は黒髪のショートカットで、二重の目は黒目がちで、二十五歳だということだったが年齢よりも若く見えた。エステで働いているらしく、接客業だからストレスが溜まるので、たまに一人で飲みにくるのだそうだ。僕は別に理香に対しては隠し事をする必要もなかったので、ダッチワイフを作っていると言ったら目を丸くしていたが、面白そう、と笑った。

　二回目に会った時、セックスした。

「あたし、毎日人の身体に触れてるから、だいたいどんな人でも身体を少し触っただけで、どこがどう気持ちいいかわかるの」

　セックスが久しぶりだったのと、浮気という背徳感が、僕をそれまでになく高揚させた。

　理香は積極的な女性だった。彼女の望む通りにすると、声をあげ目を潤ませた。僕は夢中になった。

　妻にはしたことのないような体位を、理香とはした。頭の片隅に、バーで知り合った男と簡単に寝てしまうんだから、彼女はこういう経験は初めてじゃないんだろうという考えがあった。その考えは、罪悪感を都合良く薄めてくれた。

それから理香との関係はしばらく続いた。妻とは、まったくセックスをしなくなった。

二〇〇五年。僕は結婚記念日すら忘れていた。

ほどなく理香は「奥さんとはいつ別れるの？」とか、「三十歳までには結婚したい」というようなことを言い出すようになった。僕はのらりくらりとかわしていた。理香とは身体だけの関係だと思っていたので、結婚する気はまったくなかった。それを理香に悟られないよう、関係を続けた。

ある日仕事が終わってから相川さんと二人で飲みに出かけた。おっさんは今年六十五になるそうだ。体力はすっかり落ち、最近では工場にやってきても梱包を手伝うのが主で、それも週一くらいになっていた。

ずいぶん頬がこけていた。言うと、俺ももう歳だからなあと、手酌でビールを飲んだ。その他は健康そうに見えた。

「お前、浮気してるだろ？」

前触れもなく突如発せられたその言葉に、思わず食べていた厚焼き卵を噴き出してしまった。

浮気のことを知っているのは誰もいないはずだった。先輩にも内緒にしていたし、もちろん相川さんにも。携帯は一応ロックをかけていたが、園子はもともと僕の携帯を見たりするようなことはしなかった。なのに、相川さんは知っていたのだ。しかも、その浮気がもう一年以上続いていることも。

「俺、そんな態度に出てました？」

「だってお前、職場で何度も携帯覗くなんて、新婚当時だってしてなかったのに、バレバレよ」

「うわ……。なんか恥ずかしい」

「あと、見た」

そう言うと相川さんは少しだけ寂しそうな顔をした。妻を、見かけたのだと言う。行きつけのパチンコ屋で最近負けてばかりいるので、仲間から教えてもらった、出がいいと評判の巣鴨のパチンコ屋まで足を延ばしてみた日のことだそうだ。

評判通り、その日は朝から行って昼前には七万円ほど稼いでいた。もう少し粘ってみようかとも思ったが、歳のせいか長時間座っていると腰が痛くなるので、ここらへんでやめておくことにした。

「この歳になってようやく引き際を憶えたよ」

と笑って泡の消えたビールを一口飲むと、ひとつひとつ丁寧に思い出すように目をつむった。

交換所で現金を受け取ると、あまりに天気がいいこともあって「おばあちゃんの原宿」と呼ばれる地蔵通り商店街まで散歩してみることにした。僕たちが住む庚申塚と商店街は歩いて数分だ。四がつく日は縁日だから、出店がいくつもあって賑わってい た。その商店街を、園子がフラフラと歩いていたというのだ。パチンコで勝ったし、甘いものでもおごってやろうと声をかけようとしたが、あまりにぼんやりした顔で歩いているので、声をかけ損ねたのだと言う。日曜日だから僕も休みなはずなのに一人でいるなんて、あんなに仲が良かったのに、これは何かあると直感したらしい。

いつの日曜日のことかはわからないが、確か園子が映画を観たいと言っていて、でも僕は当日になって理香からメールが来たので、理香と会ったことがあった。あまり日曜日には会わないようにしていたのだが。あの日のことだろうか。

「なんか、暗い顔でぼんやり歩いてたよ。声をかけちゃマズいような気がしてさ」

そう言うと相川さんはマスターに焼酎のロックを頼んだ。

「北村、お前、園子ちゃんとうまくいってないのか？」

「いや、いってないっていうことはないと思うんですけど……」

「なんだよそれ。浮気してるけどどっちも大事にしてんのか？」

「いや……」

「じゃ何だよ？」

今日はいつになく手厳しい。むしろ浮気とかそういうのに理解ある人かと思っていたのだが。セックスレスだということは言わなかった。あまり人にべらべら喋ることでもないわけだし。

相川さんの焼酎が来たタイミングで、トイレに立った。はぐらかしたかった。手を洗う時、小さな鏡に映っている自分の顔からも、つい目を背けた。

トイレから戻ると、相川さんは静かに焼酎を飲みながら言った。

「北村よ。自分がしてることは相手にもされてると思っといたほうがいいぞ」

茶化すでもなく、少し低いトーンの静かな声で言うものだから、僕はギクリとした。

相川さんは、妻子に逃げられるまでは、表面上の夫婦仲は良かったのだそうだ。しかし事業に失敗して借金を作った時、妻はあっさりと相川さんを見切って、他の男のもとへと行った。相川さんは当時別の女がいたが、まさか妻にも他に男がいるとは思ってもみなかったらしい。とても浮気などする奥さんだと思えなかったから、逃げられたこともショックだが浮気をされていたことのほうがショックは大きかったそうだ。

「男ってよ、バカだから、自分の浮気はバレねえと思ってんのな。で、自分は浮気しといても、嫁が他の男とデキちまうなんて思いもよらないのな。情けねえったらねえよ」

いつの間にかグラスの中の氷は、半分以上姿を現している。

「でさ、女房、あんたは若い女のとこに行けばいいって言うんだよ。知ってやがんの、俺が他の女とデキてたの。知っててずっと黙ってんの。俺も頭にきてさ、今風に言うとなに、逆切れってやつか。『ああ、ずっとあいつと籍入れたいと思ってたから都合がいいや』、って言ってさ。それきり」

「その愛人と結婚したんすか？」

「するわけねえよ。愛人も逃げちまったよ」

園子ちゃんだってあれだけ美人なんだから他の男が放っておくわけがない、知らないのはお前だけだと脅されたが、僕は心の中で、相川さんの元奥さんと園子は当然だが違う人で、園子に限ってそんなことは絶対にあるわけがないと受け流した。

僕たちは、ケンカだってしないのだ。そう言うと鼻で笑われた。

「おめでたいヤツだなあ。それは園子ちゃんが我慢してんだよ。お前な、ケンカしないほど怖いことはないんだぞ」

相川さんは焼酎のロックをおかわりした。今日は速いペースだ。

別れた奥さんはすぐに他の男と暮らし始め、相川さんが子供へ払おうとした養育費さえも断った。一度だけ子供に会ったが、まだ小さかった子供は、相川さんのことを名字で呼んだのだそうだ。その日、居酒屋でつぶれるまで飲んだ挙げ句店で暴れ、警察を呼ばれてしまったらしい。元奥さんが浮気をし始めたのは、たぶん自分の浮気を知った頃だろうと相川さんは言った。

「あたし寂しいの～なんて言える女は安全、健全。言えない女のほうが、よっぽど危険。思い詰めた挙げ句よそで寂しさを埋めるんだから」

子供は女の子だったそうだ。綾と名付けた一人娘は、もう三十七歳になるはずだから、と前置きした上で
「俺も知らないところで孫ができているかもしれないなぁ」

と少し笑ってみせた。淡々とした語り口には、寂しさと後悔が混ざっているように思えた。口角の上がり方と目のうつろさが嚙み合っておらず、その笑顔はちぐはぐな印象を与えた。

客はいつのまにか僕ら二人だけになっていた。酔いつぶれたのか、相川さんはカウンターに突っ伏している。寝ているんだろうか。

返事がないのを承知で、小さな声で聞いてみた。

「後悔してるんすか？」

応答なし。なんだ、やっぱり寝てんのか。

そう思って勘定を払おうと鞄から財布を出している時、突っ伏したままハッキリと言った。

「してる。してるよ」

その声は低く、いつものおちゃらけた風情は微塵もなかった。

一人の男が老年になって自らの人生を悔やむことの、とてつもない重さ。

僕は言葉をなくした。

相川さんはいつになく酩酊状態で少し心配だったのでタクシーに乗せた。乗り込む時に、ろれつのまわらない声で呻くように呟いた。

「してる。してるんだよ」

一瞬何かと思ったが、後悔している、ということらしい。

僕は黙って見送った。小さく遠ざかるテールランプの灯りはあまりに頼りなく見えて、なんだか締め付けられるように心細くなった。

僕は妻と、園子と、一体どうしたいんだろうか。

園子はあまり、というかほとんど、主張とか文句とか、そういうことを言ったことがない。ケンカするほど仲がいいという言葉もあるが、ケンカをしないのはいいことだと僕は信じて疑わなかった。争いごとがきらいなことを、園子はよく心得ていた。園子もこのまま、ずっと僕と夫婦という形を保っていくつもりなのだろうと思っていた。セックスするだけが夫婦じゃないんだ。きっとそうだ。夫婦ってそんなもんだ。僕はそう思い込もうとしていた。固い絆があれば、なにも抱き合わなくてもいいんだ。

固い絆、という僕にしては珍しい言葉が頭に思い浮かんだ時、ありさえすれば何とかなるその絆というものを、僕たちは作り上げることすらしてないんじゃないだろうかという気になった。固い絆のない夫婦。夫婦という容れ物に入っているだけの、僕と園子。

その容れ物は、もっと色んな飾りができたはずなんじゃないだろうか。二人で話し合って、ここに何を飾ろうとか、何色のカーテンにしようとか。

僕たちはケンカをしないのではなくて、できないのだ。ケンカというある種のコミュニケーションまでをも封印したのだ。家庭という、穏やかな場所を作るはずが、穏便な、無機質な空間を作ってしまった。

僕と園子の関係は、いつしか支配と服従のようなものになっていたと思う。理香に魅力を感じてしまうのはきっと、服従しない感じがするからなのだ。従順でないものを、征服したくなってしまう。理香は僕の中に眠る、いや、きっと僕以外の男の中にも多かれ少なかれあるその欲を、刺激してやまない女だった。

ある日理香を後ろから激しく突いている時、ふと相川さんの言葉が浮かんできた。

「自分がしてることは、相手にもされてると思ったほうがいいぞ」

妻が他の男に同じように四つん這いにされて突き上げられているところを想像した。白い身体を僕の見知らぬ男に預け胸を揺らし、喘いでいる妻……。

それから僕は血走った目で理香の腕を縛ると、仰向けにしてなおも腰を動かした。あの時の僕には、相川さんの忠告さえ、理香との行為の刺激にしかならなかった。

理香とセックスするたび、園子が他の男に抱かれているところを想像して妻を思った。空想の中で確かに、園子はまぎれもない女だ。僕は最低だ。最低だと自分をおとしめることさえ、快感につながった。

僕は全ての問題を、うやむやにした。

ある日曜日。園子は洗濯物を干していた。上げ下げする腕。白い首筋。すらりと伸びた足。僕は理香との行為の時に想像した、園子が他の見知らぬ男に抱かれている様を思った。どんな風に園子は、僕以外の男に身を委ねるのだろう。

「園子」

え、と振り返った園子に、抱きついた。きつく抱きしめ、唇を吸い、手をスカートの中に潜らせた。人のものかもしれないと想像したら、僕は衝動を抑えられなくなったのだ。

「い、いや!!」

園子は震えだし、激しく抵抗した。僕は我に返り身体を離した。初めてと言っていい、園子の主張。振り払った指先が僕の腕をかすめ、爪痕から少し血がにじんだ。

「痛いよ」

ごまかすみたいに笑ってみた。

何も言わず、目に涙をためて園子は僕をじっと見つめた。

このままここに留まっていたら「別れたい」と言われてしまうような気がして、園子が何か言葉を発するのを避けるように、僕は無言で部屋を出た。

理香のところへは行かなかった。新宿へ向かった。ただ、街を歩いた。伊勢丹の前の道路は歩行者天国になっていて、大道芸人たちが芸を披露し、拍手を浴びていた。手をつないで歩くカップルや家族連れを眺めながら、一体この人たちはどれくらい相手のことを知っているんだろうと思った。僕だけが、身近にいる妻という存在の人のことを何も知らないんじゃないだろうか。

新宿で飲んでから家に帰った時には夜十時を過ぎていた。僕は何事もなかったかのように「ただいま」と言った。園子も同じように「おかえり」と言った。

何か、とても大事なことを伝えないままに今まで一緒に過ごしてきた、僕らのルール。何事もなかったことにすることが、いつの間にか慣れっこになっていた。いや、慣れということではないのかもしれない。怖いのだ。僕は、怖いのだ。園子が日々思っていることを口にされるのが。だからいつも先手を打って笑いかける。すると園子も小さく笑い返す。彼女の小さな笑顔の中に潜む絶望というものに気づかないふりをしながら、僕は何食わぬ顔で結婚生活というものを続けていた。

「ただいま」と笑いながら言った僕に返された妻の笑顔は少し引きつっているように感じたが、それは気のせいではないだろう。腕のかすかな傷が、ぴりりとした。

「お腹は？」

「うん、少し空いてる」

「冷や汁を作ってみたんだけど」

「うん」

焼いたアジの身をほぐしてすり鉢に入れ、胡麻と味噌を入れてすり、冷たい水でのばしたらネギやミョウガを入れる。シンプルだけど僕の好きなメニューだ。作り置きしてあったそれを、よそったご飯にかけて氷を少し入れてから、食卓へ運んできてくれた。

一瞬、間があった。妻が僕を見つめる間が。

園子が何か言葉を発することが怖くて、リモコンを取ってテレビをつけた。

「はあ、新宿行ったんだけどさ。人多くて疲れたよ」

ひととき僕の顔を見た園子は少し笑って、

「そう」

とだけ言い、寝室へと向かった。遠ざかる足音……。

一人の人間を、僕は、絶望させている。

弱々しく閉められたドアの音はまるで、「そうだよ」と呟いているようだった。

ダッチワイフの売り上げが落ちていた。新規参入の会社が増えてきたのだ。ウチのダッチワイフを購入して色々と調べ、さらに質の良いシリコン製ドールを作る会社が増えてきた。少し前まではシリコン製のラブドールというだけで価値があった。だが消費者のニーズも層も広がっていて、個人の好みはそれこそ枝葉のように分かれていたから、作り手としてはそれに応える必要があった。新規参入の会社は、アニメ顔のドールを作ったり、少女や大人の女性をよりリアルに再現したものを作ったりしていた。そしてドールを購入する人にとって今や性欲処理のみならず非常に重要なポイント、様々なポーズを取れるというドールが増えてきた。僕たちが生き残るには、新たな素材でより人間に近いドールを開発するしかなかった。

その頃、新素材である熱可塑性エラストマーという素材が、ドール作りに無限の可能性を秘めているらしいことがわかった。熱可塑性とは、ごく簡単に言えば熱に弱いということだが、プラスチックとゴムとの中間のような素材で、ゴムのようにやわらかく、比較的加工が簡単らしい。それに、リサイクルが可能でもある。

シリコンで作ったドールを、購入者が自分で捨てることは困難だ。切り刻んで燃えないゴミにしたところで、手だの足だのが半透明のゴミ袋から見え隠れしたらとりあえず通報されるに違いない。だから僕らの会社では、いらなくなったドールは有料で引き取ってから、処分する。きれいなまま返されるドールもいるにはいるが、たいていがシリコンの各所にヒビが入り、中には手足がもがれた状態で送り返されるドールもある。

リサイクルが本当に可能になれば、引き取ったドールの使える部分は使って、新たなドールに再利用することができる。長い目で見れば、コスト的にも希望の持てる素材だ。僕はさっそく社長に相談して、熱可塑性エラストマーを使ったドールの開発を始めた。開発費はかかるが、社運がかかっている。

以前シリコンドールを開発した時には相川さんがいてくれたが、今回は実質僕一人でやらなければならない。

このあいだ相川さんと飲んだのは、一ヶ月前。八月の、まだ暑い日だった。それまで週一回で遊びに来ていた相川さんは、あれからほとんど来なくなっていた。どうも、体調が良くなかったらしい。僕は相川さんの体調も気になったし、何より、新しいドールの開発について意見も聞きたかったから、連絡しようと思っていた矢先だった。

二日ほど工場を休んでいた田代さんが出勤してきてから、ひとこと言った。

「相川さん、死んじゃった」

「え」

一瞬何のことかわからなかった。

「え？　死んだってどういうことですか？」

「あたしが……もっと早くキンキンのとこに行ってれば助かったかもしれないのに」

田代さんは未亡人で、相川さんと以前関係を持ったことはあったが、恋人になるわけでもなく、何でも話し合える気の合う友人として、相川さんが退職後も親しくしていた。一人暮らしの相川さんを心配していた田代さんは、たまに家を訪ねたり、一緒にご飯を食べたりした。身寄りのないもの同士、一緒になってもいいかなと思い始めていたらしい。

最後に一緒に夕飯を食べた日から三日後に、電話をしたが相川さんは出なかった。一瞬おかしな気がしたが、忙しい日もあるのだろうと、その翌日にまた電話した。それでも出ないので、何かあったかもしれないと思い家へ行ってみた。

相川さんは、仰向けに倒れていたそうだ。九月とはいえ残暑が厳しい時。相川さんの身体は腐りかけ、異臭を発していた。田代さんは混乱したが、警察に連絡し、昨日まで会社を休み相川さんの部屋の解約だの遺品（といってもほとんど何もないが）の整理をしていたらしい。

「すいません……俺……」

そう言うのがやっとだった。僕は何もできなかった。田代さんは泣きはらした顔を上げて笑顔を作り、小さく首を振った。

父親ほど歳の離れた、なのにとても気さくだった相川さん。造形士としてのプライドを持って、仕事に取り組んだ相川さん。人なつこい笑顔で、爪の中が黒かった相川さん。妻と別れたことを後悔していた相川さん。

どうして何も悪いことをしていないのに、家でたった一人きりで死んで、誰にも発見されず、異臭を放ち、その身体を腐らせていかなければいけないんだろう。ウジが湧いていただろうその身体を想像し、僕は、工場のトイレで一人泣いた。

葬儀は小さな斎場でひっそりと行われた。田代さんは必死になって、相川さんの部屋の中から元奥さんの連絡先を探してそれらしいものを見つけて電話してみたが、現在使われておりません、になっていたそうだ。だから相川さんの元奥さんも、娘さんも、相川さんの死を知らない。

肉親の誰にも見送られず、社長と、僕を含む工場の従業員六名、そして園子だけが、相川さんを見送った。

腐りかけていたという相川さんの身体は死に装束を着ているせいで、あまりわからなかった。きれいにしてくれたんだろうと、田代さんはぼんやりと言った。だがさすがに袖から出ている手や顔は、至る所が黒ずんでいた。

僕は最後のお別れの時、相川さんの爪を見た。やっぱり黒くなっていて、それを見た途端、また涙が出てきた。園子はハンカチで目頭を押さえたまま、もう片方の手で僕の背中をさすってくれた。

煙になって、残った骨を見た時には、もう涙は出なかった。

その日は激しい雨が降っていた。帰りに、斎場にいる他の遺族とすれ違った。三十代後半とおぼしき喪服の女は、こんな日に雨が降るなんて、と忌々しそうにスカートに跳ねる雨水を払っていた。

僕はなんとなく目に入ってきたその光景を、ただ眺めた。

「ああいうこと、気にする人がいなくて、相川さんは幸せだったかもね」

園子がぽつりと言った。彼女も同じ光景を見ていたのだ。相川さんの葬儀の参列者はたった八人しかいなかったが、誰一人、雨が肩にかかろうと、裾に水が跳ねようと、気にする人はいなかった。八人とも、足下はドロドロだった。園子の言葉に、僕は少し救われた気がした。

誰かが死んでも日常は続いていく。さして代わり映えもせず。

相川さんが死んで、四十九日が過ぎて、秋が来て冬が過ぎて、新しい年を迎えた。

熱可塑性エラストマーのダッチワイフ作りは、困難だった。まだまだエラストマー自体が安定していないのだ。そもそも、医療用の手袋やチューブなどで注目され始めた素材だから、大量に使って人形を作るヤツなどせいぜいダッチワイフ業界にいる僕らだけなのだ。他の会社でもエラストマーの研究はしているだろう。でも、いまだにどこの会社でも全身がエラストマーの人形を発表できないのは、それだけ不安定な素材であるということだ。

ある日僕は展示室がある本社に呼ばれた。こぢんまりとしてはいるが、都心のビルの一角にショールームを設けているわけだから、立派なもんだと他人事のように思った。ここには、過去に相川さんが一人で作った初期のドールも展示されている。今それを見るとかなり時代を感じさせるものだったが、その直前は空気式のダッチワイフが主流だったことを考えると、やはり画期的だ。

社長室に通された僕は、何を言われるのか少し見当がついていた。

「わかってると思うんだけどさ」

「はい」

「シリコンドールを開発した時は、二年半くらいか。時間」

「そうです」

「二年以内に何とかなりそうか？」

「……正直、何とも……。部分的には使えると思うんですが、全身で、となると」

社長はいかにも社長らしい黒い椅子に座って、ゆらゆらさせながら外を眺めた。髭を蓄えた彫りの深い顔、長身のその身体は、さながらその筋の人のようにも見える。

「新規参入のやつらがさ。けっこういるのは知ってるよな？」

「……はい」

「そいつらよりも先に開発できるか、できないようならここで諦めるか。どうする？」

消費者のニーズは日増しに高くなっている。よりリアルで精巧なダッチワイフ。ドーラーの人たちは長く愛用して買い替えもしてくれるが、コストの面からも大量生産は難しい。たとえ大量生産したところで、手間もかかる分、誰しもが買える価格にはなり得ない。多くの高級ドールを買えない人たちは、もっと安価なものを好む。

シリコンドールの人気が細分化し始めた今、僕らが今の技術のままでシリコンドールを開発し続けたとしても、やがて限界が来ると想像できた。選択肢は二つだ。クオリティを下げ、ウレタン、または塩化ビニールといった安価な素材で大量に生産するか、更なるクオリティを追求し、あくまで高級ドール作りに専念するか。

「お前はどうしたい？」

社長は、窓の外を見たまま聞いた。僕は正直、このままだと全身エラストマーのドールを作ることは不可能じゃないかという不安があった。けれど、今ここで諦めることは嫌だった。

「エラストマーで作りたいです。今、質を下げたドールを作ることは、この会社の、消費者からの信頼を失うことになると思います」

社長はくるりと、僕のほうに向き直った。

「俺もそう思う」

机に肘をつき、立ったままの僕をじっと見つめた。顔には所々、明らかにしわとは違う傷がある。

「あと二年。二年以内なら、開発費は何とかする。でもな。それでできなかったら、この会社がどうなるかわかるな？」

緊張して唇を噛みしめた。

「はい」

「頼んだぞ」

社長はパート従業員を増やす約束をしてくれた。これで僕は、指示だけ与えて今までのドールを作りながら、新しいドールの開発に専念できる。前回と違って、プレッシャーは相当だった。相川さんはシリコンドールの開発を言われた時、今の僕と同じような精神状態だったのだろう。でも、相川さんは真剣な顔はしても悲壮な顔はしなかった。笑うとしわの寄る顔で、どれくらい悩んだのだろうか。

その日、まっすぐ家に帰った。六時半に戻ったのだが、帰っても園子の姿はなかった。珍しいな、と思った。派遣社員の仕事はいつも五時には終わるはずだし、会社は池袋だから、仕事を終えて買い物をして帰ってきたとしても、普段なら六時くらいには家にいる。

いつも家にいるはずだと思っている人がいないことに僕は少しだけそわそわしたが、時計はまだ六時半なのだ。残業を無理矢理頼まれたのかもしれないし、まだ買い物の途中なのかもしれない。

ソファにごろんと横になった。テレビをつけると、一時栄華を極めたインターネット関連の会社の社長が逮捕されていた。ニュース番組を見て、特に見る気もなかったバラエティ番組が始まり、へらへらと笑っていると腹が減ってきた。時間は、八時近くになっていた。

自分は散々遅く帰ってきておいて、たまに早く帰った日に妻が遅いということが、なんとなく僕を苛立たせた。携帯を手に取ってかけてみたが、台所の片隅にある携帯が虚しく鳴るばかりなので、すぐに切った。アドレスをスライドさせると理香の名前が出てきたのでいっそ理香の家にでも行こうかと思ったが、やめた。

妻が戻る気配がないので、僕は一人で外に飯を食いに行った。駅前のラーメン屋でラーメンと餃子を食べてから、焼き鳥屋で一杯飲んで帰った。戻ったのは十時くらいだったが、まだ園子は帰ってきていない。

もう帰ってくるだろう、もう帰ってくるだろう、そう思いながら待ち続けることは、なんて不安なんだろう。僕は、もう何年も、妻にこんな思いをさせていたのだ。数年前からもう、何時に帰るなどといった連絡はまったくしなくなっていた。

十一時を回った頃、玄関が開く音がした。僕は慌てて玄関へと向かった。ひょっこりと、男が入ってきた。

「え？」

「あ？　旦那さん、ですか？」

男のその言葉は、居ると思ってなかったのに、と言っているような感じがした。背の高い、鼻筋の通った男だった。

「あの、奥さんが」

男はそう言って、肩を担がれてぐったりしている妻のほうを見た。園子は気分が悪そうにしていた。

「ああ、すいません」

僕は園子の肩を担いだ。

「あの、なんでこんなことに?」

僕の言葉はトゲがあったかもしれない。お前が飲ませたんだろう、と聞こえたようだった。

「今日、同窓会だったんです。聞いてなかったんですか?」

男はムッとしたように言い返した。

「じゃあ僕はこれで。失礼します」

一礼してから足早に去ろうとしたので、僕のほうが慌ててしまった。

「あ、あの。すいません。お名前は」

「吉村といいます。園子さんの同級生です」

「そうですか。あの。タクシー代を」

「結構です。通り道ですから」

「どうもすみませんでした。ご迷惑をおかけしました」

吉村という男は、今度は深々と一礼してから、去っていった。肩にもたれている、酒臭い園子がもぞもぞ動き始めた。

「うーん……ミキオ、ごめん吐きそう……」

僕はドキッとした。妻が、僕以外の男の名前を呼んだのは初めてだったからだ。

とりあえずトイレに連れていき、背中をさすって胃の中のものを吐き出させた。液体ばかりが出てきたので、尋常じゃないくらい酒を飲んだのだろう。吐き出すものがなくなると、妻はようやく店ではないと気づいたのだろう。浄水器から水を汲んで飲ませたが、まだ苦しそうに僕の顔を見た。

「家……。だよね」

「そうだよ」

「そうか……」

「歩ける？」

「うん」

妻はフラフラとリビングのソファに横になった。

「もう寝たほうがいいんじゃないか？」

「うん。でも、薬飲みたい」

僕は棚の上にある救急箱を取り出して、胃薬を出した。薬を飲むと、園子はより意識がハッキリしてきたようだった。

「今日、早かったんだね」

「ああ、うん。たまたま。……今日、同窓会だったんだって？」

「……うん」

結婚してから、妻が同窓会なんかに行くのはたぶん初めてだと思う。たぶんというのは、僕は飲みに行ったり理香と会ったりしていたので帰りが遅く、事情を知らないからだ。

「誰が送ってくれたの？」

「吉村って男の人」

「ああ……。吉村君……」

園子が僕とその男を間違えて、吉村の名前を呼んだことを思い出した。確か、ミキオ、と言った。さっきはミキオで、今は吉村君。その切り替えが、妙に引っ掛かった。

「誰だよ？　あの男」

強い口調だったせいだろう、園子は目を丸くした。

「誰って……。同級生だよ」

「家まで送ってくれる同級生がいるんだな。優しいんだな」

「何言ってるの？　テッちゃん、変だよ」

「変なのは園子のほうだろう！　俺が居なかったら、あの男を家に上げるのか？　こんな時間に」

僕は取り乱していた。ミキオ、と呼んだ時の妻の声は、間違いなく、女だったからだ。僕ではなく、あの時頼ったのはミキオという男。思い出すと、たまらなくなった。

「そんなんじゃないよ……」

「じゃあどんなだよ？」

「同級生だよ」

「昔つき合ってたのか？」

「だったら何！」

園子の強い口調に、僕は我に返った。

「やめてよもう……。なんで？　なんでそんなこと言うの？　テッちゃんは……テッちゃんはさ……」

テッちゃんは、あたしの旦那さんでしょう。どうして信じてくれないの。園子はそう続けるに違いない。根拠のない夫としての自負は、滑稽なほど僕を傲慢にさせていた。

「とっくにあたしに興味なんかないでしょう?」

責めるように、僕を見た。

「何だよ……それ……」

「もう……やめてよ……」

園子はそう言い残すと寝室に向かい、扉を閉めた。

妻の言った言葉の意味をわざと考えないようにしながら、僕はソファに横になった。

翌朝、きっと園子はまた何事もなかったように起こしにきてくれるかと思っていた。だが、来なかった。目が覚めると八時をまわっていて、僕は慌てて起きだして支度をした。

家を出る時寝室を覗いてみると、扉の音で目を覚ました園子は、青白い顔でこちらを見返した。

「ごめん……。二日酔い……」

「いいよ。寝てて。行ってきます」

「行ってらっしゃい……」

巣鴨駅に向かう途中、雪がちらついた。今日は縁日だから、朝からテキ屋の人たちが商店街の至る所で開店準備に追われていた。その中を歩きながら、僕は、相川さんが言った言葉を思い出していた。

「自分がしたことは、相手にもされてると思ってたほうがいいぞ」

それでも僕は、その言葉を否定しながら歩き続けた。耳を引きちぎりそうなほどの冷えた空気は、僕の中の何かをこわばらせた。


その日は理香と会った。泊まってほしいという理香をなだめて、外で会った。食事をしてホテルに行くとすぐ、理香を抱いた。

家にあの男が来て、園子が「ミキオ」と呼びながら、あの男の首筋にキスをして、背中に手を回しているところを、想像した。僕は汗だくになって腰を突き動かしていた。そのことだけに集中していた。相手が誰であろうと、関係ないとさえ感じながら。

「テッちゃん、テッちゃん」

声が聞こえてきた。その声は園子のものとは違っていた。当たり前だ。

「テッちゃん……なんか、怖いよ」

言われてハッとした。

「あ、ごめん。痛かった？」

「ううん。すごく気持ちいい」

僕は理香の喘ぎ声を聞きながら、事に没頭した。だが、以前妻を思いながら理香を抱いた時に感じた興奮は、なかった。不安を消し去るように、僕は腰を動かし続けた。

理香と、別れようと思った。

工場ではパートの人たちがいるおかげで、就業時間中にエラストマーの実験ができたから、以前のように残業をしなくても何とかなった。僕は理香に会う回数を、週二、三回から一回に減らした。やがて二週間に一回に減らし、ワールドカップで盛り上がっている頃には、月に一回くらいになっていた。

別れると決めたけれど、なかなかそうはいかなかった。少しでもそんな素振りを見せると、理香は取り乱すタイプだったからだ。だから少しずつ、距離を置いていった。会う回数が減ってもさほど文句も言われなかったので、さすがに理香も不倫の遊び相手だということを理解しているんだなと感じた。僕は気が軽くなり、それでかえって別れ難くなっていたのも事実だ。身体だけで済む関係なら僕にとっては一層、絶ち難いものがあった。会う回数は減っていたが、関係はずるずると続いた。

理香と会わない日は、早めに帰宅した。園子はあれから六時過ぎにはいつものように家にいたが、たまに遅い日があった。そういう日は一応メールをくれるのだが、決まって夕方、会社が終わる頃に、「急に美樹ちゃんと会うことになった」とか「高校の同級生と会うことになった」とか、突然誰かに会うことになった、という内容が多かった。実家にいくと言って数日家をあけたこともあった。

携帯を開いてメールを読むたび、吉村という男のことが頭にちらついた。背が高く、男である僕が見てもいい男だった。園子と並んで歩いたら、美男美女だ。園子はあれから吉村の話はしなかったし、僕も聞かなかった。聞けなかったというのが正しいか。

ある日、三日連続で園子の帰りは終電だった。たまたま僕は、その三日とも早く家に帰っていた。さすがに、おかしいと感じずにはいられなかった。メールのない日もあったからだ。

「ただいま」

「……おかえり」

いつもと逆だ。

「ごめん。ご飯、食べた？」

「外で食ってきた」

「そっか。よかった」

そう言うと園子は浴室へ向かった。僕はリビングに置いてある園子の鞄から、携帯を取り出そうとした。今までそんなことしたこともなかったし、されたこともないのだけれど、どうしても抑えられなかった。だが、携帯よりも先に目に入ったのは、高級宝石店の包装紙に包まれた、細長い箱だった。細いリボンまでかけてある。

僕は半ば無意識に、その箱を開けていた。中には、小さなネックレスが入っていた。明らかに男に贈られたものだ。

「園子。園子!」

不必要なほどの足音を立て、浴室へと向かった。

「え、何? ごめん、お風呂入るから後に」

手荒く扉を開けた僕は、キャミソール姿の妻の手を引っ張ってリビングまで連れてきた。

「痛い、テッちゃん、痛いよ」

テーブルの上に置いた、ネックレスを指差した。

「何だよ? これ」

「勝手に見たの？　鞄の中」

「何かって聞いてるんだよ！」

「……もらったの」

「誰にだよ！」

「大きな声出さないでよ」

「誰にだよ？……男か？」

園子はキッと僕の顔を見た。そんな表情、初めて見た。

「……そうよ」

思わず、手が出そうになった。

「殴るの？」

頭に血が上っていた。

「……殴れば？」

殴る資格など僕にあるはずもない。力なく手を下ろし、ソファに座った。園子は、テーブルの椅子に腰掛けた。

「吉村ってヤツか？　こないだの」

「……違うよ。なんで吉村君が出てくるの」

「吉村だけじゃないのか」

「だけじゃない、って何？　確かに吉村君とは高校の時つき合ってたけど、それだけよ。どうしてそんなこと言うの？」

「じゃあ、誰だよ？　こんな高いネックレスくれるの」

「……」

「セックスしたんだろ？　そいつと。じゃなきゃ、そんなもんくれるわけないよな」

園子は無言のままだった。キャミソールから見える手足は、抜けるように白かった。その手足が、その身体が、実際に他の男に抱かれたのかと思うと、どうにもやりきれなかった。

「……したのか？」

園子は黙っていたが、僕のほうを向いてからハッキリとした声で言った。

「したよ」

鉛で後頭部を叩かれたような気がした。

「『寂しかったから』っていうつまらない理由じゃ、理由にならない？」

返す言葉が見つからなかった。

「だって実際、寂しかったもの」

園子はゆっくりと話し始めた。同窓会で会った佐伯という男と、席が隣になったこと。高校の時はあまり喋ったことはなかったけれど、その日はとても話が弾んだこと。今度会おうと言われたこと。後日会った時に、高校の時にずっと園子に憧れていたけれど、でも吉村とつき合ってたから何も言えないまま卒業して後悔していたと言われたこと。

「自分が舞い上がってるって、わかってたよ。わかってたけど、それでもいいって思ったの」

「……なんで？」

園子は冷蔵庫から缶ビールを取り出して、一口飲んだ。

「テッちゃんも飲む？」

「……いいよ」

質問には答えずにビールを飲む園子に、なんだかはぐらかされているような気がしたのだが、二口、三口と飲んだ後、こっちを向いて大きく息を吸ってから言った。

「テッちゃんは、あたしを、どうしたい？」

「……何？」

「うん……。どうしたいのかなと思って。だって、あたしのこと、女として見れないでしょう？」

僕は顔を上げて園子を見た。園子は強い目でこちらを見ていたが、その強さとは裏腹な哀しそうな表情だった。

目に涙を溜めて、つまりながら必死で、園子は言った。

「セックスもしないから……あたしたちには、こ、子供もできないし。……あたしね。どうしたらいいかわからないの。わからないまま、今まで来たの。……良くないよね。それで久しぶりに会った同級生とホテルに行っちゃうんだもん。バカだと思う」

しばらくの間、どれくらいか見当もつかないが、僕らは無言のままだった。そのうち園子はスッと立ち上がり、浴室に向かった。僕はそのままソファに横になったが目が冴えて一睡もできず、空が白む頃、無駄なほど早く家を出て工場に向かった。

何度か思い出してはその度に否定していた相川さんの言葉は本当だった。報いっていうんだろうか。浮気されるのは、とてつもなくしんどいものだということを初めて知った。自分自身というものが完全に否定されたような。僕はずっと、園子のことを否定し続けていたんだ。

その日、園子は六時過ぎには帰っていた。僕が帰宅したのは七時過ぎ。その時には夕食が出来上がっていた。

インゲンとブロッコリーの胡麻和えに、豆腐とわかめのみそ汁。焼き魚と、タコと胡瓜の酢の物。きちんとした、いつもの（といっても僕がきちんと帰っていたのは新婚当時とごく最近になってだけだが）、あたたかくて美味しい夕食。

ひとつひとつを、ゆっくり食べた。噛み砕きながら、味わいながら、正直に話そうと思った。理香とのこと。園子にきちんと言って、理香とちゃんと別れて、そして、園子とやり直そうと思った。

食べ終わって麦茶を足しながら、切り出したのは園子のほうだった。

「あのね。話があるの」

「うん。俺も」

二人して麦茶を飲みながら、「これからの僕たち」について、二人で話し合う時間だとばかり思っていた。

「テッちゃん……。あたしたち、別れよう」

「え？」

僕は怯んだ。

まさかそんなことを考えているなんて、思いもよらなかったからだ。僕はどこまでもおめでたい人間だ。

「俺と……別れて……佐伯って男とつき合うの？」

言葉に出してみるとかえって真実味を帯びそうで、言ってしまったことを後悔した。

園子はうつむきがちに、小さく首を横に振った。

「つき合わないよ。ネックレスも、返したし」

「じゃあ、今日も会ったんだ」

園子は哀しみに満ちた目を僕に向けた。どうしてそんなにあたしを疑うの？　と言っているような。

「うん。会社の昼休みの時間に。だって会わないとネックレス返せないじゃない」

「そうだけど……」

その時だった。玄関のインターホンが鳴った。嫌な予感がした。もうすぐ夜も十時をまわるところだ。宅配便のわけがない。出ようとする園子をさえぎって、玄関へと向かった。開けると、理香が立っていた。随分酒に酔っているようだった。

「どうして会ってくれないの？」

「理香、ここじゃマズいから」

「なんでよ！　どこだっていいじゃない！」

取り乱す理香の声を聞いて、園子が玄関までやってきた。最悪だ。理香は園子の姿を見ると、睨むようにじっと見つめた。園子は最初驚いているようだったが（当たり前か）、事態を飲み込むと落ち着いた様子を見せた。

「あの。とりあえず上がってもらったら？　この時間だし、ご近所のこともあるし」

妻としての余裕なのか、何なのか。いや、ついさっき妻を引退すると言われたわけだから、僕のことなどもうどうでもいいということでの余裕なのか。とにかく園子の落ち着きはらった態度に、理香もたじろいだようだった。大人しく、部屋へと入ってきた。

椅子に腰掛けた理香に、園子は話しかけた。

「えっと。飲み物、何がいいかしら？　麦茶か、野菜ジュースか、ビールくらいしかないんだけど」

「ビール」

ふてくされた様子で座っている理香が、随分子供に見えた。

園子は缶ビールとコップを用意すると、少し離れたソファに一旦腰を下ろした。だがすぐに、

「あ。あたしが居るのもおかしいわよね。外すから」

そう言って立ち上がった。

「居てよ。奥さんも関係あるんだから」

「はい……」

園子は再び腰を下ろした。もう最悪の状態だ。何をどうしたらいいんだろう。理香はビールを缶のまま一気に飲んだ。そして園子に向かって言った。

「奥さん。あたしね。この人と不倫してるの」

「はい……」

「もう何年も前から」

「はい……」

「この人とね、別れてほしいの」

「はい」

「おい!」

園子があまりに素直に応じるもんだから、僕はつい声をあげた。だが考えてみたら、ついさっき、僕は園子に別れを切り出されたばかりなのだ。

「あの……。お名前、何でしたっけ?」

「山口」

「山口さん、あのね。私とテッちゃん……哲雄さんね、別れることにしたの。さっきあなたが来る前、そのことを話し合ってたの。だからね、あなたに言われなくても」

「俺は別れない！」

「え？」

「俺は……園子と別れたくない」

一瞬の間ののち、激高したのは理香だった。

「え、何？　何なの？　二人してあたしをバカにしてんの？」

「違う！」

「違うわ！」

僕と園子は、同時に言っていた。それから、理香は園子に別れてくれと言い、僕は園子と別れたくないと言い、園子は僕に別れようと言った。

「どうしてよ？　あたしは別れるって言ってるんだから、山口さんと一緒になればいいじゃない」

「そうよテッちゃん、あたしと結婚してよ」

「俺は園子と別れたくない」

「どうしてよ？　散々浮気しておいて」

「テッちゃん勝手よ」

「そうよ、勝手よ」

妻と浮気相手は、同時に僕を責めた。テレビドラマでこんなシチュエーションを見たら、男のあまりの情けなさと格好悪さにゲラゲラと笑っていただろうが、これが自分の身に起こると一ミリたりとも笑えない。自分の蒔いた種というのは確実に育つのだと身を以て知ることとなった。

僕は二人の前で、土下座した。実に情けないことだが、どうやってこの状況を乗り切ったらいいのか皆目見当もつかなかった。土下座は、とりあえずその場をおさめる絶大な力があるというのをこの時初めて知った。

「ごめん！　理香。ごめん。俺、園子と別れられない。今までごめん。本当にごめん」

正直、理香がこんなことをするほど僕に本気になっているとは思わなかった。たまに「いつ奥さんと別れるの？」なんて聞いてきたが、冗談だろうと思っていた。それも酷い話だが。だから、僕には謝ることしかできない。必要なら、慰謝料みたいなものも払うつもりだった。

その場の空気が、しんとした。園子も理香も黙ってしまった。そっと顔を上げると、放心状態の理香がいた。そして持っていた缶ビールを、僕めがけて投げつけた。思い切り頭に当たり、ビールが飛び散った。

「っ痛……」

それから理香は手当たり次第目に入るもの全てを僕に投げつけた。我を忘れていたようだった。リビングのあらゆるもの、ＣＤやＤＶＤ、電話の子機、スタンド、リモコン……。それだけでは飽き足らず、今度は台所に行って食器類を投げつけようとした時、園子が理香のもとへ駆けつけて、その手を掴んだ。

「やめて。気に入ってるの、これ。それにこんなことしてどうなるっていうの」

ようやく理香は自分のやったことに気がついたようだった。

「あ……」

それから大声で泣き出した。

「あんたなんか。あんたなんかぁ……」

言いながら園子の肩を拳で軽く叩いた。園子は、哀しそうに理香の肩を撫でた。理香は力なく、その場に座り込んだ。

園子に言われ、僕は理香を途中まで送ることにした。春日通りまで出ないとタクシーは拾えない。理香は、まだ電車があるから電車で帰ると言って聞かなかったから、駅まで送ることにした。

　地蔵通り商店街は、ほとんどの店が閉まっていた。おばあちゃんの原宿と言われるこの通りは、朝は早いが夜も閉まるのが早い。

　理香ときちんと話をしなければいけない。とげぬき地蔵尊の中にあるベンチに、二人して腰掛けた。自販機でコーラを買って、理香に渡した。

　何て言えばいいだろうかと、言葉を探した。どう言っても、嘘くさいだけだ。理香はコーラをちびちびと飲んでいる。僕が缶コーヒーのタブを開けた時、理香が言った。

「ごめんね。今日」

「いや。俺が悪いし……。本当に、ごめん」

　理香はコーラのキャップを閉じたり開けたりしながら、話し始めた。

「あのね。あたし昨日、彼氏に振られたの。テッちゃんのことね。浮気だったの。浮気してたの、あたしも」

　ホッとするのと同時に、それはそれでちょっとショックだったりもするから、僕という人間は本当につくづく勝手だ。

「友達がさ、飲みに連れていってくれて。でもこういう時みんな、同じことしか言わないの。『そのうちいい人が現れる』って。何の慰めにもならない。じゃあ今すぐ連れてきてよって思う。なんか、すごくむしゃくしゃして。テッちゃんと結婚して、彼氏を見返してやろうかと思ったの。最低だよね」

僕は何も答えることができなかった。

「……それか自分の恋愛が壊れたから、テッちゃんのも壊してやろうって思ったのかも。怖いよね、女って」

「うん……怖い」

「奥さんと別れるの？」

炭酸の抜ける音が響く。

「……さあ……」

「ごめんね。いっぱいもの壊して」

「いいよ。そんなの」

それからまた理香はコーラのキャップを二、三回開け閉めして、言った。

「じゃあ、行くね。元気でね。もう会わない」

「うん。元気で」

駅まで送ると言ったが、道はわかるから大丈夫と、理香は一人で歩き出した。僕はその背中をただ眺めた。

僕たちは、一体何をやってたんだろう。

遠ざかるうしろ姿が角を曲がるのを見届けてから、重い足取りで、家へと帰った。


園子は部屋の片付けをしていた。

「ごめん。俺がやるから」

僕たちは、一緒に片付けた。園子が大事にしていた観葉植物の鉢も、割れていた。哀れに根っこを出しているその植物を手に取って、バケツに土を入れ植え直している妻にかける言葉は、見つけられなかった。

「気の毒ね。みんな。……今まで会ったこともないあたしを憎まなければいけなかったあの子も、会ったこともない女の人に憎まれなければいけないあたしも、この情けない状況のテッちゃんも」

少し笑いながら言った。バカにする風でもなく、淡々と。

涙が出てきた。園子は驚いた様子でこちらをじっと見た。見られていることはわかったが、泣く姿など相川さんの葬式の時以外見せたことはなかったし見られたくもないのだが、もう情けなくてもみじめでも、なんでもよかった。僕は泣きながら片付け、片付けながら、言った。

「園子。別れたく、ない」

何も答えてくれない園子に、もう一度言った。

「別れたくない」

このまま何も言ってくれなかったら、きっともう本当に終わりなのだろう。こんな状況にならなければ、失っても構わないものと失いたくないものの区別もつかないなんて。その時、か細い声が聞こえてきた。

「……じゃあもう少し、頑張ってみようか、あたしたち」

小さいけれど確かに聞こえたその声に、また僕はバカみたいに涙があふれた。

「うん……」

夜は、静かに更けていった。頑張るって、何をどうしたらいいんだろうか？　物事をうやむやにすることばかりを選択してきた僕らには、手探りで探すしかない。

その日同じベッドで寝ている時、手をつないでみた。払いのけられるんじゃないかと不安だった。だが園子は、そっと握り返してきた。そのまま、眠った。

新素材のドール作りは相変わらず難しかったが、実験を繰り返すうちに、温度変化による劣化のデータも取れてきた。伸縮性、弾力性、肌の透明感。それらが少しずつ、僕の理想に近い形になってきていた。耐久性の問題はまだ残ってはいたが。

　家に早く帰れる日は、寄り道もせず帰るようになった。たまに二人で待ち合わせて、外で食事することもある。僕の人形作りはあくまで医療用のものだから、その点でだけはボロが出ないように気をつけながら、仕事の話もした。園子の派遣先の会社での話も聞いたり、話題の映画を観たり。

　穏やかな、とても穏やかな日々が続いた。一点だけ、相変わらずセックスレスということを除いては。

　理香とのことがあってから、僕たちは少しずつ、少しずつ努力して、お互いの時間を作った。一緒にいる時間を。

　出会った当時のような、ドキドキした感情は、きっともうお互いにないはずだ。けれど、いつもきちんとしている園子は、やっぱりきれいだった。

　別れる、別れないの一件があってからひと月くらい経った頃だろうか。僕は隣で休んでいる園子の身体を、そっと抱き寄せようとした。キスをしても、抵抗されなかった。だがそのままそっと園子の乳房に触れた時、園子は僕の身体を小さく押し返した。

「ごめん、なんか疲れてるの……」

「そっか。じゃあ今日は寝よう」

「うん」

「おやすみ」

「おやすみ」

正直、身体がこわばった。セックスレスになって久しいが、園子が僕を拒否することなど、以前には考えられなかったからだ。でも、新婚当時はお互いに二十八歳でも、僕たちは三十三歳になる。仕事で疲れたら、セックスできないのも当たり前だ。

それから僕は何度か、園子を求めた。けれど決まって「体調が悪い」とか「疲れている」という理由で、拒まれ続けた。そんなことがもう、五ヶ月も続いた。年は明け、また一年が始まっていた。

さすがに、まるで今まで僕がしたことへのあてつけかのようにセックスを拒む園子に対して、猜疑心を抱き始めていた。別れはせず、一緒にいる。でもセックスはしない。それは以前僕が園子に対してやっていたことと同じなのだが、実際に自分がされる側になってみると、自分の内面にドロドロの塊があることに気づく。

僕は園子に、もう何年もその塊を作らせてしまったのだ。そう思うと、簡単にその塊が溶けるはずもないとは理解できたが、もう僕のことを男として見ることができないだけでなく好きでも何でもないのかと思い始めると、この結婚生活は一体何のためにあるのかと考えてしまうこともあった。

毎日作ってくれる美味しい食事も、きれいにたたまれた洗濯物も、片付けられた部屋も、毎日交わす何でもない会話も、その穏やかな日常そのものが、なんとなくよそよそしく、生彩を欠いているものに思えて仕方なかった。

ある日の風呂上がり。僕はリビングのテーブルに置いている眼鏡を取ると、朝読めなかった新聞を手に取った。

「何か飲む?」

「うーん。ビール飲もうかな」

園子は缶ビールをテーブルまで持ってきてくれると、洗い物の残りをやり始めた。テレビの音量が大きかったのでリモコンを手に取ろうとしたら、すぐそばにレシートが出されていて、そのレシートの下に、薄い水色の診察カードがあった。園子のものだ。「成瀬総合病院」と書かれてあった。

「園子。どっか悪いの?」

「え?」

「だってこれ」

診察カードを見せると、園子は「ああ」と笑った。

「前に風邪引いた時に行ったの」

「そっか」

「レシート出しっ放しだったね」

言いながら園子は手を拭くと、テーブルの上にあったレシートを家計簿に入れ、診察カードを財布の中に仕舞った。

僕はまた新聞を読み始めたが、ふと、今日買い物したレシートと一緒に、診察カードが出されるというのはどういうことだろう、と思った。前に風邪を引いた時とは言っていたものの、そういえば紙製の診察カードは少し使い古したように角が曲がっていた。以前から通っているような。何か隠していることがあるんじゃないだろうか？

僕はまた、不安になっていった。

自分にはストーカーの素質があるかもしれないと思うと気が滅入るのだが、僕はある日、有給休暇をもらった。園子には工場に行くと言って家を出て、その日一日の園子の行動を観察することにしたのだ。ストーカーではなく探偵だと、自分に言い聞かせながら。

園子はその日、いつもなら九時には家を出るのに、十時を過ぎてから家を出た。それから巣鴨駅まで歩き、山手線に乗った。池袋で降りるところまでは、いつもと一緒のはずだ。

以前池袋を歩いていた時に、園子が自分の派遣先を教えてくれたことがあった。東口を出て、明治通りを少し歩いてから左に入ったビルの一角。駅から派遣先の会社は徒歩四分くらいだった。けれどその日園子は、東口ではなく、西口から出るとそこからタクシーに乗った。僕も慌てて後から来たタクシーに乗った。

「あのタクシーを追ってください」

ドラマの中でしか聞いたことのないセリフを運転手に言うと、年寄りの運転手は怪訝そうに僕を見た。

「あの、オレンジの?」

「いや、緑のやつです」

それから五分ほど乗っていただろうか。僕は後部座席から身を乗り出し、必死で緑色のタクシーを見逃さないようにした。

ほどなくして、「成瀬総合病院」の前で、園子は降りた。

「病院か……」

タクシーを降りると、園子に気づかれないように門を通り過ぎて病院の入口まで行ってみた。これ以上行くと鉢合わせてしまいそうだったので、行き先もわかったことだし今日はもう家に帰ろうと思った。

別に昨日鼻声だったりくしゃみをしたりはなかったはずだけど、体調が悪かったんだろうか、たまには僕が夕飯でも作ってみようかと考えながら、病院を出ようとした。するとその時、お腹の大きな女性とすれ違った。五歳くらいの男の子の手を取り、男の子は母親のお腹を面白そうにさすり、母親も笑いながら子供の頭を撫でていた。

門の横の看板を見てみた。そこには、『医療法人弥勒会　成瀬総合病院』とあり、その下に診療内容が書かれてあった。総合病院だけあって、やたら沢山診療内容があった。

「循環器内科・外科・産婦人科・神経内科・リハビリテーション科・眼科」その他にも人間ドックや内視鏡検査というのも書かれてあった。僕はめったに病院へは行かないので、総合病院に産婦人科があることを知らなかった。さきほどの親子の後ろ姿を眺めながら、僕は言いようのない不安にかられた。

いつも通り、六時過ぎに園子は買い物袋を抱えて帰って来た。僕が先に家にいるので驚いた顔をしていた。

「え？　テッちゃんどうしたの？　具合悪いの？」

「いや、悪くないよ」

「早いから、早退でもしたのかと思った」

「どこも悪くない」

「ご飯、すぐ作るね」

「園子。今日会社どうだった？　何時出勤だっけ？　園子の会社」

園子は野菜のラップを外しながら、笑顔で言った。

「えー。どうって、いつもとおんなじだよ。朝は十時までに出勤しなきゃだけど、十分前には行かないとって感じ。そういえば専務の姪っ子さんが、モーニング娘。のオーディション受けるって張り切ってるんだって。でも専務ひどいんだよ。写真みんなに見せて、『これじゃダメだよなあ』って」

「なんで？」

「なんでって、まあ、あんまり、アイドルに向いてない感じっていうか」

「そうじゃなくて。なんで嘘つくの？」

園子は、キョトンとした顔で僕を見つめた。

「朝。どこ行ってた？」

「どこって……」

「会社。行かなかったろ？」

「なんで……」

「ごめん。俺今日会社休みでさ。なんで行ってたの？　病院……。体調悪いなんて言ってなかったじゃん」

園子はうつむいたまま黙っていた。水道から流れっぱなしの水も、目に映らないようだった。

「風邪でもないのに、総合病院行くか？　普通」

園子は、何も答えようとしなかった。

「なんで黙ってる？　なんで俺に言えないの？　言えないことなのか？」

僕は、「夫婦なのに」という言葉を、思わず飲み込んでしまった。やっぱり僕たちは何ひとつ築けてこなかったんじゃないだろうかという気がしたからだ。

園子はなおも空を見つめていた。

「なんで……隠すんだよ……」

黙ると、時計の針の音が妙に大きく聞こえた。何十秒も、園子は黙っていた。そしてようやく僕のほうを見た。

「テッちゃん……やっぱりあたしたち。……別れよう」

僕は混乱した。

「なんで？　なんでそれが別れることになるんだ？　何があったんだよ。何にもわかんねえよ。別れたいの？」

園子はようやくハッと気づいたように水道を止め、部屋はますます時計の音が大きくなるようだった。別れたいのかと聞いても、園子は否定も肯定もしなかった。

「俺に何を隠してるんだよ？」

「テッちゃんだって。あたしに隠してることあるでしょう？」

思わず息をのんだ。僕の職業が、僕がずっと嘘をつき続けたことが、園子にバレてしまって、だからもうこの男とはやっていけないと思ったのかもしれない。職業を隠している旦那なんて、聞いたことない。

重い空気が流れる。それを打ち破るために園子はわざとらしいくらい努めて明るく、

「なんか、作るの面倒臭くなっちゃった。お寿司でも取ろうよ」

と言い、受話器に手をかけた。僕はその手を取って、園子をじっと見つめた。

「あるよ……隠し事。ずっと黙ってたこと。それを言うから、園子も教えてほしい」

手には知らずに力が入っていた。

「テッちゃん……。痛いよ」

でも僕は離さなかった。

「わかった……。ちゃんと言うから。でも一週間だけ待って。ちゃんと、言うから」

それでようやく手を離した。園子はそのまま寿司屋に電話して、並の握りを二人前頼んだ。寿司が来るまでの間、園子は台所を片付け、洗濯機をまわし、僕は、ソファに座ってテレビをつけた。何かをしていなければ、何か雑音がなければ、僕たちは重苦しい沈黙を抱えきれなかっただろう。

寿司が来て食べている間も、僕たちはテレビの音に辛うじて救われている感じだった。

お茶、飲む？　ガリ、あげる。そんな会話しか、交わせなかった。

空虚な、食事の時間だった。

それからというもの、家の中にはぎこちない空気が流れた。僕はまるで審判を待つような心持ちだった。一週間後に何がわかるというんだろう。期待はなかった。不安をかき消すかのように不必要な残業をし、休日出勤までした。もやのようなものが晴れることはなかったが、何もせずただじっと待つよりはマシだろう。

日曜日、久しぶりに連絡があった加藤先輩と飲むことになった。いつもは新宿あたりで飲むのだが、その日は珍しく僕の乗り換えの駅である西日暮里まで先輩のほうから出向いてきた。日曜日で休みの店が多く、十分ほどウロウロしてから、ようやく一軒の小さな居酒屋に入ることができた。

数ヶ月ぶりに会う先輩は、随分頬がこけていた。顔も青白い。なんだか相川さんが死の直前に少し痩せていたことを思い出してつい体調を尋ねたのだが、心配ないよ、と笑われた。

「これでも一応、会社の健康診断受けてるから。異常なくらい健康だって」

僕は日本酒を、先輩は焼酎のロックを飲んでいた。ぼろい居酒屋だったので、時折すきま風が足下まで吹いてくる。店に入ってしばらく経っても、着ていたダウンを脱ぐことができなかった。

「ごめんねぇ、ウチ、建物古いからさあ。寒い？　ストーブ寄せようか？」

おかみさんが気を遣って話しかけてくる。大丈夫ですと言ったのだけど、よほど申し訳ないと思ったのか、熱い大根のおでんを二人分サービスしてくれた。ダウンを着ていたおかげで儲けたなあと思っていたら、僕以上に先輩が喜んだ。

「うまいっすね、大根。味染みてて」

「そう？　今朝から仕込んだからね。今が一番美味しい頃合いよ」

「うん、すごく、うまい」

「ありがと、お兄ちゃん。でももう今日の大根はそれで終わり」

「なんだー。残念」

おかみさんとそんな会話を交わす先輩をまじまじと見てしまった。この人がこんな風に店の人と喋るのなんて初めて聞いたからだ。目を丸くしている僕の視線に気づいた先輩は少し不機嫌そうな顔をした。

「なんだよ」

「いや、だって。珍しいじゃないっすか」

なんかな、何となくな。だるそうに返事をすると、焼酎をおかわりした。

「お前、園子ちゃんとうまくいってる？」

突然聞いてくるので一瞬話を濁そうかと思ったけれど、うまくいってるとごまかしきれる自信はない。事実、三日後に僕は何らかのことを園子に言われるのだから。

「やばいっす。別れようって言われました」

「園子ちゃんが？　そんなハッキリ言うの？」

「案外、ハッキリ言う人みたいです。俺、去年くらいまで気づかなかったけど」

そう、あれはもう去年の出来事だ。理香が家に押し掛けたあの日。園子は取り乱す理香の頬を、冷静にひっぱたいた。それで我に返った理香は暴れるのをやめたのだ。

「大変だぞ。別れるの」

「そうなんすか」

「うん。俺、二ヶ月前に別れたから」

「えっ！」

声にならないような声をあげたせいか、なんだよそれ、と先輩は目を細めた。

「な、なんで？」

「会社のさ、後輩と浮気してたのは、お前も知ってるよな？」

「はい」

てっきり奥さんと別れてその後輩と結婚でもするのかと思ったがそうではなかった。浮気相手とは半年で別れたらしい。その後もちょくちょく大学の時の先輩や後輩、知り合った女と関係を持ったそうだ。奥さんはそれを知っていたのか知らないままなのか、ある日、一年間の海外での研修に参加したいと言い出したそうだ。

「昔から自由な人だったし、俺、『じゃあ行ってくれば？　めったに行けないんだろうし』って言ったんだよ。そしたらさ」

　先輩の焼酎のグラスは、もう空になっていた。おかわりを頼んでから、まだ十分と経っていないのに。

「そしたらあいつ、『あなたと別れてから行く』って言うんだよ。なんか頭きてさ。大げんか。挙げ句行っていいって賛成しといて『なんでフランスなんか行かなきゃいけないんだ、逃げてるだけじゃねえか』って言ってさ」

　それから少し、黙った。僕は僕で先輩に話しかける言葉を見つけられずにいた。

「同じの？」

　明るい声で尋ねられ、僕らは馬鹿みたいにまったく同じように頷いた。おかみさんの屈託のなさに、張りつめていた空気が少しだけやわらぐ。

　常連客らしき男たちが入ってきて、カウンターの席に座った。すでに一軒寄ってきたのだろう、三人ともほろ酔いといった具合で頬が赤い。しばらくただぼんやりとその光景を眺めていたが、そのうち「おまちどおさま」と頼んだ酒が運ばれてきたので、お互い無言のまま一口飲んだ。それを契機に、先輩はまた話し始めた。

「『私はもう、あなたを待つ自信がないし、待っててもらいたいほど、あなたを思ってない』ってさ。『思ってない』って、なんかこたえるよな」

否応なしに園子のことが頭をよぎる。僕も、園子に、思われてないんだろうか。

「思われてないんだ、と思うとさ。なんかこう、ああ、俺たち、夫婦になれなかったんだなって思ってさ。落胆してさ。努力もしなかったくせに偉そうなこと言えないんだけど。俺、ハンコついたんだよな」

離婚は、判をおせばそれで済むほど簡単なものじゃなかった、と続けた。

当然だがお互い別々に暮らすことになる。先輩の奥さんは日本を発つ日が決まっていたからテキパキと作業を進めていた。先輩は仕事もあったのであまり引越し作業が進まず、そのうち奥さんが荷造りをしている時は家を空けるようにした。耐えられなかったらしい。段ボールに物を詰める音が聞こえる度、引き裂かれるような気がしてしまったのだそうだ。

「あいつが出て行く日、部屋の中がさ。えらい、がらんとしてた。言いたいこといっぱいあるはずなのに、あんな時、何も言えねえのな」

低く通る声でそう言う先輩の言葉に、学生時代に先輩が描いた一枚の絵のことが脳裏に浮かんだ。先輩は彫刻科ではなく油絵科に在籍していて、僕より二つ上。知り合った頃は授業にほとんど出てなくて、たまにフラフラと彫刻科にやってきては酒を飲んでいた。

先輩が描いた絵を見たのはたった一度だけ、卒業制作で描かれたもの。その絵はとても静かなトーンの、がらんとした部屋だった。

初対面の人とは絶対に口をきかないが、普段、無精髭姿でへらへらと笑い沢山の友人がいるこの人からは想像もつかないような、孤独な絵だと思った。噂では入学試験で主席だったと聞いたことがあったが、あれは噂でなく本当なんだと感じた。先輩はその絵を最後にあっさりと油絵をやめ、広告代理店に就職したのだった。あの時の先輩自身が描いた絵と、今目の前で「えらい、がらんとしてた」という実際の先輩の家が、僕の中で妙にリンクした。

奥さんが家を出る間際、かろうじて一言「やり直せないか？」と尋ねたそうだ。その時奥さんは、今まで決して先輩には見せることのなかったとても哀しい目を向けた。そしてか細い声で「私を、楽にして」と言ったらしい。その言葉に先輩は、奥さんが全て知っていて、黙っていたことを思い知った。もうどうすることもできなかった。

「これから先さ、もうあいつとは会わないわけだろう。別れても飯一緒に食ったりする奴らはいるらしいけど。一年海外行ってさ、そうこうするうち、お互い音信不通になってさ……」

先輩は、小さくなった氷をひとつ口に含むと勢いよく噛み砕いた。グラスに張り付いていた水滴が大きな雫となって、カウンターを濡らす。

「生きてるのに、もう会うことないんだぜ。お互いもう、生きてるのか死んでるのかすら、わからないってことだよな」

言いながら、垂れた雫を無造作に指先で広げていた。

「結婚すんのも離婚すんのも、紙切れ一枚でどうにかなるほど、簡単なもんじゃねえよな。よく言う話かもしんねーけど」

「……そうですね」

先ほどの酔っぱらい客三人は、楽しそうに酒を飲んでいる。同じ酒なのに、僕らの飲んでいるものとはまったく味が違うんだろう。雫はいつの間にか、百合の花になっていた。

僕も、正直に園子とのことを先輩に話した。ずっと黙って聞いていてくれていたが、話し終えると、

「お前もバカだな」

と苦笑した。僕も笑うしかなかった。酒は決して心を満たすことはないが、少しだけやわらかくしてくれることがある。今日の酒はそんな感じだ。駄目な男が二人、居酒屋の片隅でどうにも格好がつかない話をしていても、おかげでひどく落ち込まずに

済む。

「何だろな？　その一週間て」

「さあ。何か、裁判の判決が出るみたいです」

「最近具合悪そうにしてたとか、痩せてきたとかあるのか？」

「いや、特にそういったことは。痩せてもないし」

「変だよな。総合病院だろ？　もしかして産婦人科？　浮気相手の子妊娠したとか」

僕が否定しようとし、でもどうしても頭から離れなかった思いと同じことを考えていた。暗い気分になる。

「……一週間ってのがおかしくないですか？」

「うん。妊娠だったらすぐ結果出るしな。何か結論が出るのかな。その病院に行ったことによって」

先輩はしばらく考えてから、これしかないという口調で言った。

「やっぱ、男かな」

「……ですかね」

「うーん……。妊娠が判明してさ。その男とつき合うのか別れるのか決めるのに一週間くらいかかるとか」

にべもない。

「なんでそんなハッキリ言うんですか」

「子供となると自分一人じゃどうするか決められないだろ。最悪の状況を考えといたほうがまだ傷は浅くて済む。親切心だ」

そう言うと、もう何杯目か定かでない焼酎のロックを注文した。僕はもう正直これ以上飲むと足下がおぼつかないと自分でもわかっていたのだが、熱燗を追加した。何もかも、一瞬でいいから忘れてしまいたかった。うなだれる僕を見た先輩は楽しそうに笑った。

「バカだな、冗談に決まってるだろ。でも病院てことは何かあったんだよ。何でもなかったらいいけど」

「はい……」

力なく返事をする僕の背中を、面白くて仕方ないといったように思い切り叩いた。

それから先輩は運ばれてきた焼酎を静かに一口飲んでから、言った。

「何があってもさ、お前はまだ、頑張れよ」

見たことのない優しい顔だった。ちくしょう、この顔で女を何人も騙しているんだなと思ったが、妙に嬉しかった。

「……はい」

憶えているのはそこまでだ。どこをどうやって帰ったのかわからなかったが、気づいたら家のベッドで寝ていた。園子が翌朝、心配そうに僕を起こしにきた。どうやって帰ってきたのか聞いたら、インターホンが鳴って扉を開けたら、僕がタクシーの運転手に抱きかかえられていたのだという。運転手にタクシー代とささやかなお礼を渡し、園子はベッドまで僕を担いだのだそうだ。

「ごめん……」

「いいよ。薬、置いとくから」

園子は、いつも優しい。優しいということに甘えてしまったのはずっと僕のほうだ。園子も楽になりたいだろうか？　僕から離れ、僕のことを思うという煩わしさから解放されたいだろうか？

考えたら余計頭が痛むのに、頭の中は何度もその問いを反芻した。

水曜日。僕は重い足取りで帰宅した。夕飯は用意されていなかった。確かに晩ご飯を食べてからというのも白々しい話だ。

園子はテーブルの椅子に腰掛けていた。

「おかえり」

無理に笑おうとするその表情が、深刻さを物語っていた。微かな期待さえ打ち砕かれた気分になった。

「うん。ただいま」

顔面がぴりりとする。律儀にも笑顔で応えようとしたらしい。

「テッちゃん。座って。今日、水曜日だから」

言われるまま向かいの椅子に腰掛けた。短い沈黙のあと園子が何か言いかけようとしたのだが、この期に及んで僕は、彼女からの言葉を先延ばしにしたかった。

「あのさ……。俺から話すよ」

それを言ったところで、何らかの決意をしているはずの園子にとってはもはやどうでもいいことかもしれない。だが僕は、結婚前からの秘密を話すことにした。

「俺の仕事さ……。医療用の人工乳房作るのなんかじゃなくてさ。その……。ダッチワイフ作る会社なんだよ。今は〝ラブドール〟って言うんだけど。いや、まあ、それはいいか。その……なんて言うか、今まで言えなくて。園子に会った時から嘘ついてたから……。なんか、嫌がられるんじゃないかと思って。……ごめん。結果、騙してたことになるんだけど」

「……それだけ？」

「……うん、もう何もない」

「そっか。でもそれ、知ってたよ」

「え⁉」

「だって。最初から変だなと思って。もちろん、ハッキリとは知らなかったけど。だってテッちゃんの会社の名前、『久保田商会』だったじゃない。医療用では、ない気がしてた。たぶん、そういうことだろうって」

全身の力が抜けるとはこのことだ。じゃあ園子は出会った時から知っていた、ということだろうか。

「テッちゃん言いたくなさそうだったし、あたしから『気にしてないから』って言うのもかえって気にしてるみたいで変だと思ったし。言ってくるまで、聞かないようにしてたの」

「なんか、俺、バカみたい……」

瞬く間に真っ赤になっていく僕を見て、園子はケラケラと笑った。あまりにアホくさくて、つられて笑ってしまった。

しばらくして笑いが収まると、また二人とも沈黙した。園子は、覚悟を決めたように真っすぐに僕を見つめてきた。

「テッちゃん。あのね」

心臓が速いペースで鼓動を刻む。

テッちゃん、あのね。あたし、浮気してたの。だからずっとテッちゃんを拒んでたの。おかしいなと思って検査に行ったら妊娠してて。もちろん、彼の子供。堕ろそうかと思ったけど、一週間彼とじっくり話し合って、やっぱり産みたくて。お願い。あたしと別れて。

僕は園子が次の言葉を発するまでの間、そういったことを言われるのだろうと想像し、奥歯を噛みしめた。

「あたしね。あたし……がんなの」

「え」

思いがけない言葉に、何がなんだかわからなかった。

「半年くらい前から、ちょっと胃がおかしいなと思ってて。胃潰瘍かと思って病院行ったら、初期の胃がんだって言われて。初期だから入院も短くて済むっていうから、あたし、テッちゃんに実家に帰るって嘘ついて……」

理香が家へ押し掛ける前、園子は少し実家に帰るといって、家を留守にしたことがあった。

「しばらく良かったんだけど、最近また胃がきりきり痛くなるから、再検査を受けたの。そしたら、今日結果が出て、再発してるからなるべく早く手術してくださいって言われて……」

「それで……別れようと思ったの？」

園子は静かに頷いた。僕はたまらなく自分が情けなくなった。今度は自分自身に対する怒りで顔が真っ赤になった。

「なんでそんな……そんなに俺、頼りない？」

「そうじゃなくて……。だって、手術になって入院して、すぐ退院できればいいけど、もし何かあって長く入院することになったらテッちゃんが大変じゃない。経済的にも負担をかけるかもしれない。たぶん看病って、想像してる以上に大変だと思うの」

「だからって……。それは、違うだろう？　俺は、園子と別れたくない。経済的でも何でも、負担をかけていいと思える夫になりたかったよ。お願いだから……そんなの、やめてくれよ。どうして一緒じゃダメなんだ？　俺は……一緒に居ちゃいけないのか？」

園子をこんなに思い詰めさせたのは、僕らが夫婦として歩いてくることができなかったからに他ならない。一緒に暮らしてきたはずの相手を頼れない僕たちは、なんて未熟なんだろうか。

「俺は、離婚なんかしない。絶対にしない。一生、園子と一緒にいる」

「絶対」とか「一生」とか、プロポーズの時でさえ言ったことのない言葉を熱っぽく語る僕に園子は少し驚いているようだったが、聞き終えると小さく頷いた。

人は絶対ということの不確かさも、一生というものの長さも知ることができない。だからそれらの言葉は希望という意味合いを含む。僕には希望が必要だった。

「園子と一緒に病気を治す。明日、朝イチで病院に行って、手術の手続きを取ろう」

園子のか細い指を、しっかりと握った。

「大丈夫だよ。手術すればすぐ治るよ」

「……うん」

この時僕はまだ、本気で、手術すればすぐに治ると思っていた。

手術は無事に成功した。がん細胞は、全て取り除かれた。全てといっても、そもそもが沢山あったわけではないから、ひどく体力を消耗しきってしまうほどの手術にはならずに済んだ。医者も、思ったよりたいしたことなくてよかったと安堵の表情を浮かべていた。入院は二週間ほどで済むということだったし、あとは自宅から定期的に通えばいいそうだ。

　僕は仕事が始まる前と終わってからの必ず二回、病院に行った。あまりに律儀に来るもんだから、同室のおばさんから冷やかされた。

　入院から十日が過ぎた日のこと。いつものように朝、病室に顔を出し着替えを渡してから工場へ向かった。雨で電車が遅れたので、着いたのはギリギリだった。着くと、工場にいる人たちが暗い顔をしていた。社長もやって来ていた。空気が重いのは、なにも雨のせいばかりではないようだ。

　社長は僕を見るなり、

「パソコン、あるか」

と言った。ただ事ではない形相に、慌ててノートパソコンを取り出した。

「これ」

社長はあるホームページのアドレスを僕に渡した。キーボードを叩く指先に必要以上に力が入ってしまう。トップページが目に飛び込んできた途端、僕の目は瞬きすることを忘れてしまった。

　それは新規参入の会社のホームページで、全身エラストマーのダッチワイフを作り、販売を開始したとの情報が載っていたからだ。動画まで載せている。エラストマーの弾力性や伸縮性がより強調されるように、腕を曲げたりのばしたり、胸を揺らす画像が繰り返し流されていた。

先を越されたのだ。社長は沈痛な面持ちで眉間にしわを寄せていた。

「持ち逃げされたんだよ。ウチの情報が。前にパートで雇った四十代のヤツいただろう。両角とかいった。あいつが全部データを持ち逃げして売りやがったんだ」

「そんな……」

実験したデータは、紙に詳細に書いた後でパソコンに打ち直した。紙はその後シュレッダーにかけ、パソコンのデータはバックアップを取りながら、慎重に管理したつもりだった。バックアップを取ったものは、必ず本社にバイク便で送った。エラストマーの研究を始めた頃から、会社のノートパソコンは必ず自宅に持ち帰るようにしていた。

「あいつ、ある日な。ショールームに来たんだよ。以前の人形を見せてほしいって。熱心なヤツだなと思ってたんだ。その日常連の客が来て、一緒に昼飯を食おうって言われてたから俺、会社を一旦出たんだよ。受付は一人いるし特に何の心配もしねえで。たぶん、その隙にやられてる」

社長がこんなにも肩を落としている姿を社員に見せるなんてあり得ないことだった。落胆のほどがうかがい知れる。しかし、その一回きりでデータを持ち逃げしたにしては完成までの期間が短すぎる。僕はハッとした。

いつの頃からか、両角さんがバイク便の手配をしてくれるようになっていたのだ。僕はうかつにも、両角さんにバックアップ用のデータを手渡していた。とんでもないミスを犯していたのだ。

「社長。俺……」

そのことを伝えると、社長に土下座した。殴られても蹴られても仕方がないと覚悟した。僕の責任だ。聞き終わると社長は静かに言った。

「いや。お前のせいじゃねえんだよ。俺が下調べもせず簡単に人を雇い過ぎたんだ。甘かった。両角を面接してすぐにあいつを洗ったら、ボロが出たはずなんだ。あれは、よ、そもそも、その会社からウチに潜り込んだヤツだったんだから」

全員、絶句した。両角さんはとても仕事熱心で、人当たりもよくて、たまに従業員同士の空気が悪くなると率先して冗談を言っては場を和ませる、そんな人だったからだ。

僕はもう一度、ホームページを見た。出来上がったエラストマーの人形を、じっと見つめた。確かに良くできているが、これではシリコンとそう変わらないように思えた。一体型といっても、頭部は別に作ったものをはめ込む構造だった。つまり、シリコンの時と同じ作り。ホールも脱着可能な以前と変わらないもの。エラストマーだとうたっている部分は、ようは胴体の部分のみなのだ。

ホームページの画像でシリコンと大差がないということは、実際はもっと劣っているはずだった。つまり、まだシリコンより見た目が悪いということ。肌の透明感は、シリコンのほうが遥かに上のように感じた。まだまだ僕たちが勝てる余地はある。エラストマーは、それほど未知数なのだ。

だがその会社のホームページで受注をした五十体の人形は、すでにソールドアウトになっていた。新しもの好きのマニアが見逃すはずもなかった。

「今からエラストマーで作ったところでインパクトには欠ける。北村、どうする?」

従業員全員が、僕のことを見つめていた。

「……これより、良いものを作るしかないです」

社長は一言、そうか、と言った。

僕は、そうは言ったものの「これより良いもの」のその意味を、自分自身が計りかねていた。何をもって良いとするのか。より人間に近い弾力性、肌の透明感、胸やお尻のやわらかさ、優しい表情、潤んだ瞳、ぽってりとした唇、耐久性……。どれもこれも、とっくにどの会社も研究し尽くしているものだ。けれど老舗の僕たちの会社が、新規参入の会社に負けないクオリティとインパクトを持った人形を作るのは責務だった。この業界は一度評判を落とすと存続は難しい。僕らの次に長かった会社は、九十年代に消えてしまったそうだ。二十年続いた会社だったらしいが、消えた時は一日だったという。

すぐに答えを見つけることはできなかったが、後戻りはできない。

その日の夜も病院に行った。あまり園子に心配をかけまいとしていたつもりだったのだが、暗い表情をしていたのだろう。何かあったのかと、園子が声をかけてきた。ふと、心配させない為に黙っていようという思いが頭をよぎったが、僕はもう、何かを隠すことは嫌だった。会社での出来事を正直に話した。

「ひどい話だね……潜り込むなんて。警察には言えないの？」

「言えなくもないと思うけど……とっくに証拠なんて消されてるよ」

「そうなんだ……。その、テッちゃんが作ろうとしてる新しいドールに、何か策はあるの？」

「うーん……」

ないこともないのだ。質感のクオリティはまだまだ上げられる。その自信はある。インパクトをもって迎えられるだけの策も。けれどそれは危険を伴った。

「超リアルなホールを作るってのは、あるんだけど」

「ホール？」

「まあ、その……さ」

園子がいくら僕の仕事のことを知っているとはいえ、詳しく説明するのは少し気恥ずかしいものがある。

「女の人の……」

そこまで言うと、園子は、ああ、と頷いた。なんだかその頷き方が、まったくいやらしくもなく、ただただ普通に「ああ、あれね」といった雰囲気だったので、僕は少し話しやすくなった。

「じゃあ、作っちゃえばいいのに」

「いや、日本だとさ。わいせつ罪になるんだよ。アメリカと違ってさ」

「そうなんだ……」

僕が作りたいのは、ホール部分の見た目だけでなく、挿入した時のリアルさも徹底的に追求したものだった。だいたいどこの会社のホール部分も一万円前後で売られているが、似たような見た目に似たような構造なのだ。だから他社のホールと付け替えることすらできる。僕は、ホールも一体型のものが作りたかった。一切のつなぎ目のない美しい人形を。

実用面だけで言えばそれは、使用後の洗浄に恐ろしく手間取ることになる。ほぼ等身大の人形を、毎回風呂場まで運んで身体を洗ってやらねばならないのだ。だからどのメーカーも、ホールだけは脱着式のものを使用した。けれどどうせ作るのならば、僕は一職人として、より人間に近いもの、どれほど使用後に手間がかかろうとも、その価値すらある最高のクオリティのものを作りたかった。ドール自身の美しさもさることながら、まるで人間と同じような一体感を得られるドール。

本当に生き残りたいなら、消費者のニーズを徹底的に追求した商品を作ることが結果的に会社が生き残る道だと、僕は信じていた。信じたかった。

春。すっかり体調が良くなった園子と、花見に出かけた。とはいっても、簡単な弁当を作って二人で桜の下で他の花見客にまぎれて食うというだけだが。園子は病気をしていたとは思えないくらい元気で、検査でもがんの再発はないということだった。

このままあと数年、たった数年なんともなければ、完治したことになる。

再発がないことがわかっても、僕らがセックスをすることはなかった。僕は園子の身体が心配だったし、抱き合って、キスをして眠るだけで、園子がそばに居てくれるだけで十分だった。もちろん男だから、できるものならしたいとも思ったが、それより園子の身体のほうが大事だ。手をつないで眠るだけで、以前には知ることのなかった満たされた気持ちが湧き起こっていた。

エラストマーでのドール作りは一進一退を繰り返していたが、こうやってただのんびりと花見をすることは、僕にとって気分転換になったし、園子もとても嬉しそうだった。

都電で向かった飛鳥山公園は、日曜日ということもあって花見客が沢山来ていた。人の少ないところでじっくりと桜を見るのもいいのかもしれないが、人がごちゃごちゃいる中で、その喧噪にまぎれながら花見をするのもまた、花見の醍醐味のはずだ。普段二人きりの僕たちは、あえて人が多いとわかっているところへやってきたのだ。

シートを敷いた向かいには、七十代くらいの、こちらも夫婦連れが座っていた。茶色い小さな犬も大人しく座っている。二人とも白髪で、僕らと同じように質素な弁当を食べていた。するとその夫妻の弁当が入っていたビニール袋が僕らのところに飛んできて、おにぎりに少しだけ砂埃がついた。

二人は慌てて僕らのところにやってきて謝った。犬も後からついてきた。園子は少し張り切り過ぎてお弁当を沢山作り過ぎていたし、おにぎり一個に砂埃が少々ついたくらいではなんてことない。しきりに謝る夫妻に、僕らは笑って「大丈夫ですから」と言った。

それでも申し訳ないと思ったのか、おばあさんが何やらおかずを差し出した。それはいつも漬けているという、ぬか漬けだった。胡瓜と大根と人参を、箸をつけていないからお嫌いでなかったらと、分けてくれた。なんだか僕らのほうが恐縮してしまうが、遠慮なく頂戴することにした。塩加減も歯ごたえも、とてもいい漬け物だった。そう伝えると、夫婦二人ともがとても嬉しそうな顔をした。僕は思わず、

「毎年来てるんですか？」

と尋ねた。

「ええ、そうなんです。家内と二人で。息子たちはもう大きくなったし、こういうことが年寄りの唯一の楽しみで」

去年は奥さんが病気で入院していたから花見に来ることができなかったのだそうだ。だから二年ぶりに二人で見る今年の桜は格別らしい。犬を撫でながら喋っていたおじ

いさんが思い出したように付け加えた。

「ああ、十五年前からは、このチビも一緒に」

「チビじゃない。ゆうこちゃん」

おばあさんのほうが、犬の名前を訂正した。その姿に僕も園子も微笑んだ。ゆうこちゃんはポメラニアンという犬種で、十五年生きているから、この子ももうおばあちゃんなのだそうだ。僕も頭を撫でると、気持ち良さそうに目をつむった。するとゆうこちゃんの鼻に、桜の花びらが舞い落ちて二枚同時にぺとりと張り付いた。突然鼻の穴を塞がれ息がしづらくなったからか、ゆうこちゃんは驚いて立ち上がり、思い切りくしゃみをした。僕らはその姿に爆笑してしまった。

よしよし、と、おばあさんが慰めるようにゆうこちゃんの頭を撫でた。するとゆうこちゃんは嬉しそうに、おばあさんの膝にすり寄っていった。ほんの一瞬だけ風が吹いて、先ほどよりも沢山の桜の花びらが舞った。

「毎年同じに見える桜の木もね。ようく見ると、なんとなく毎年違うんですよ。新しい枝が生えていたり、花の数が増えていたり。少しずつなんだけど」

病気をしていたおばあさんのほうが、目の前の木を見上げながら言った。夫婦の生活というものも、毎日同じように見えて、日々、小さな変化があるのだろう。

おばあさんはとても桜に詳しい人のようだった。

「反対にね、去年より花の数を減らしているものもあるんです。心ない人が勝手に枝を折った部分から病気になっていることが多いんですけど。桜は手のかかる木だから、ちゃんとわかってる人が剪定《せんてい》しないとすぐに病気になってしまうんですよ」

初めて知った。随分昔からあるし、たくましい花かと思っていたのに。花が咲くのは嬉しくとも、手折られた枝を見ることは、年寄りには特に心の痛むことだろう。

「寂しいことだなと思うんですけどね、でも、そんな病気になってしまった桜もね、ちゃんと花を咲かせるんですよ。けなげにね。あとはもう緩やかに腐って、死に向かっているはずなのに」

その横顔は、しわが刻まれシミも沢山あった。おばあさんの口ぶりはまるで、緩やかに死に向かう桜に自分を重ね合わせているようにも聞こえた。

「朽ちているのにね、きれいな花だけは咲かせてくれるんです。何のためかは、わからないんですけど」

僕らは四人で桜の木を見上げていた。ゆうこちゃんはおばあさんに頭を撫でられながら、気持ち良さそうに眠っている。

はらはらと舞う花びらは、僕らの頬や鼻先にも舞い降りたが、誰も気にしなかった。

少しして、おばあさんが言った。

「きっと自分のためね。それがいいわ。誰のためなんか、いらないわ」

独り言みたいに。

それからしばらく他愛ない話をしてから、老夫婦は帰っていった。おばあさんの歩く速度に合わせて、おじいさんがゆっくり歩いている。あの老夫婦はいつ、同じ速度で歩くことを憶えたんだろうか。


桜はやがて葉桜になり、恐ろしく暑い夏がやって来てセミたちがわめき散らした。そのセミと交代するように鈴虫が鳴く季節になっても、試作品の全身エラストマーで作ったドールは僕の理想とはほど遠いものだった。

二の腕やお尻の弾力、丸さ、胸のやわらかさ。腕や足の可動範囲。まだまだ問題があったから、当然ホールにまでたどり着けなかった。作ったドールを何度も解体し、問題点はどこかを探る。可動範囲に関しては美術的な研究だけでなく、整体にも行ってどこの骨がどう影響しあっているのかも勉強した。整体院に行くのは疲労も取れるから一石二鳥だった。

僕がもし本当に理想とするドールを作れたら、それを求める人たちはきっと、単なる性欲のはけ口としてのダッチワイフではなく、より人間味を帯びたドールとして、パートナーとして、大切に扱ってくれるだろう。そこまで到達するには、ドーラーと呼ばれる人たちにとって重要なポイントとなる関節の動きに対しても妥協は許されない。例えば胸を寄せたポーズを取らせた時、人であれば肩の関節と腕の関節、鎖骨や首の連携により、当たり前だけど肉も一緒に動く。だが関節部分が弱いドールだと、腕だけで胸を寄せることは可能でも、肩関節から腕が一体となって胸寄せのポーズを取ると、脇の部分に変なしわが寄ってしまうのだ。

膝をついて足を肩幅くらいに開いている姿勢でも同じような問題がおこる。これは人間のよくできた骨盤とダッチワイフの中子との違いだ。人間ならば太ももの肉も一緒になって動くが、ドールだと姿勢としては若干無理が生じるので、太ももの内側の部分にたるみが発生したり、腰の外側におかしなくぼみができる。

僕は中子そのものから改善しようと思った。伸縮性のあるエラストマーならば、人間に近い関節を中子にしても亀裂は生じなくて済むはずだった。何度も失敗を重ねていたから、どの値でエラストマーを加工していけばいいかのおおよそのデータは出来ていたので、あとは関節を作ってもう一度試作品を作れば、それはかなり僕の理想に近いものになる計算だった。

ある日家に帰って寝室の隣の部屋に入ると、悲鳴をあげてしまった。それを待ち構えていたかのように、園子が嬉しそうにやってきた。

「なに、これ」

そこには、人間の全身の骨格標本がつり下げられていた。

「あげる」

僕が整体に行ったり医学書を読んだりして骨や筋肉の勉強をしていると知った妻からの、不気味だけれどありがたい贈り物だった。

寝室の隣の部屋は二人の共同の部屋として使っていた。僕が使うことのほうが多かったが、園子は自分の荷物を整理して骨置き場を作っていたのだった。そして、数冊の本。それは人体の仕組みを写真や絵で解説しているたぐいの本だった。

「こういうのがあればだいたい、骨の仕組みとか、内臓をどう支えてるかとか、改めてわかるかと思って」

一応美大で彫刻を学んでいたので、人体模型はよく目にしていた。だが今僕の目の前にあるこの骨格標本は大学の研究室に置いてあったものよりも遥かに精巧であり、かつ、ところどころ筋肉や内臓、神経や血管といったものまでが張り巡らされて、骨と各部の連動が一目でわかるものだった。

「……いくらしたの？」

園子は最初言いたがらなかったが、しつこく聞くとやっと教えてくれた。

「……全部で百二十万くらい」

「ひっ、ひゃくにじゅうまん⁉」

どうせ買うなら良いものを、と思ったらしい。しばらく放心してしまった。

「それは……。とてもありがたいんだけど。こんな高いの……」

「大丈夫。あたし結構、貯金あるの」

僕は再び部屋の中にある骨のレプリカを眺めた。正直、人体標本は買おうかどうしようかと迷っていたのだが、金額が金額だけにずっとためらっていたのだ。園子がこんなに潔くお金を使う人だったなんて、知らなかった。僕はあまりにも自分の想像の中に妻という人物を押し込め過ぎていたようだ。

「じゃあお礼に、何か欲しいもの買うよ」

「いらない。そのかわり、いい人形を作って」

今まで勉強してきたのはあくまで美術的な人体の構成だった。だから改めて、解剖学からも勉強することにした。人間の骨格、筋繊維、それらをふまえた上で、試行錯誤してみることにしたのだ。付け焼き刃とはいえ、さまざまな発見があった。複雑すぎるほど複雑に絡み合う人体の構造は僕を感嘆させてくれるとともに大いに悩ませもしてくれたが、とにかく「人の形」をしたものを作るわけだから、人の構造をまねてみるのが一番だ。

気がつくと、年が暮れようとしていた。

十二月三十一日。久しぶりに柴又帝釈天に初詣に行こうと園子を誘った。家の近くには猿田彦大神もあったしとげぬき地蔵尊もあったのだけど、足を延ばしたくなった。僕らはコートを羽織ると、帝釈天目指して出発した。

着いたのは十一時半くらいだったが、すでに初詣客で賑わっている。甘酒やビールを買い、屋台のおでんを食べてから、人でごったがえす境内へと向かった。

押し合いへし合い進んでいると、どこからかカウントダウンの声が聞こえてきた。また新しい年がやってくるのだ。

「五、四、三、二、一……」

そして爆竹。以前来た時と同じ。あの時のヤンキーたちはもう社会人のはずだから、きっと別のやつらの仕業だろう。乾いた音に歓声や拍手が起こる。ざわめきの中、僕はここでプロポーズしたことを思い出していた。人ごみにまぎれ必死に僕に向かって返事をした園子を、幸せにしようと思ったものだった。実際は、まあ、色々あったけれど。

やっとお賽銭を入れ、僕らは並んでお参りをした。今年も良い年でありますように。健康でありますように。その他色々。

目を開けると、隣にいたはずの園子がいない。振り返ると、僕を見ていた。

「テッちゃん、色々お願いしすぎ」

ふと笑ったその顔は、遠くに立ち並ぶ屋台が放つ赤い光に照らされてとてもきれいだった。なのになぜだか、照らされているはずの園子の顔が、青白く見えた。目の前にいるのにゆらゆらと儚げで、今にも光の向こう側に吸い込まれてしまいそうで。

何かが、彼女を奪おうとしている。僕の手から永遠に。

根拠などないのに妙な確信に満ちた予感に支配されてゆく。音が消える。身体の底から冷えきってしまうような恐怖にかられ、僕はその場で足がすくんで動けなくなった。

「どうしたの？」

不思議そうな顔をして園子が聞いてくる。その声を契機に境内のざわめきが再び耳に入ってきた。園子は目の前にちゃんといるじゃないか。ホッとするあまり、大きく息を吸い込んだ。正月から縁起でもない。無理に笑顔を作った。

「なんでもない。もうちょっと待って」

僕は再び祈った。

どうか園子を連れていかないでください。お願いだから……僕から園子を奪わないでください。


再発がわかったのは、二月の終わり頃だった。

食事の時にしきりに痛みを訴えだしたのですぐに検査に行くと、再発だと言われた。頭が真っ白になった。園子のほうが気丈だったように思う。僕だけ別室に呼ばれ、医師から告げられた。

「すぐ手術をしましょう。そうすれば、五十パーセント以上の確率でがん細胞を切除できると思います」

五十パーセント。この言葉に、怯んだ。

「二分の一しか助かる確率がないんですか?」

けんか腰だったと思う。けれど医師は言われ慣れているといった様子で、カルテに目を落とした。

「年齢がまだお若いですし、五十パーセントとしか我々も言えないんです。がんがどのように進行するか、残念ながらどんな医師でも予測は不可能です。ですから、せめて早い段階で手術をすれば助かる確率が上がるんです。これが一ヶ月後、三ヶ月後だったら確率はどんどん低くなる。二分の一しか助かる確率がないとおっしゃいますが、半分も完治する確率があるという風に考えることはできませんか？」

そう言われてもなかなか頭が整理されない。だが手術だけは早くしなければ。すぐに入院の手続きをした。今では週に三回だけ行っていた派遣会社を、園子は辞めた。

また、医師はあることを教えてくれた。痛みが続くようなら、今は治療で痛みを取り除くことも可能だと。それは園子にとっても僕にとってもとても助かることだった。痛みは園子自身にしかわからない。食事の時のゆがんだ顔を見ると相当痛いものだと思うし、それを代わってあげることは、残念ながら僕にはできないのだ。

痛みを取り除くためには医療用麻薬というものを使用するらしく、麻薬と聞いて驚いたのだが、中毒になるものでもなければ、それによって治療に害をきたすようなものでもないらしい。あくまで、患者の痛みを取るためのもの。麻薬という言葉にまったく抵抗がなかったわけではないものの、園子はそれを使うことを強く希望した。それほど、痛かったのだろう。

手術当日には双方の親もやってきた。園子の顔色は良く、手術室に向かう途中、笑顔で僕らに手を振った。

待つ間、ただただ無言で過ごした。園子のお母さんがあまりに緊張している僕に、缶コーヒーを差し出してくれた。

「大丈夫よ。助かるわよ」

こういった時、女の人のほうが強いようだ。

「それより、あの子しばらく働けなくなるし、もし大変だったら園子をウチに連れてきてもいいからね。哲雄さんも仕事で大変だろうから」

ありがとうございます、と言ったものの、そのつもりはなかった。園子が強く望めば別だが、離れたくなかった。

思えば園子のご両親にとっては自分の子供が手術を受けているわけで、僕の不安も大きかったが、ご両親のそれは僕には計り知れないものがあったことだろう。

やがて手術室から執刀医が出てきた。胃の三分の二を摘出したそうだ。思わず全員

顔をゆがめたが、医師は強い目で、

「手術は成功です」

と言った。その言葉に、今まで気丈に振る舞っていた義母は、はらはらと涙を流した。

義父が笑いながら、

「泣くなよ〜、死んだわけじゃないんだから」

となだめると、僕らもつられて笑った。全員目に涙を溜めていた。

三週間ほど入院した。僕は前回と同じように、朝と夜、毎日病室に行った。柄にもなく花を買っていったり、一緒にご飯を食べたり。園子は流動食で、僕のご飯は買ってきた弁当だった。栄養のバランスを心配して、園子は揚げ物ばかりの弁当を覗き込んだ。

「園子が作るほうがおいしい」

「うん。退院したら作るから。初の専業主婦だね」

「毎日うまいの食べられるな。よかった」

全身一体型のドールがほぼ完成に近づいていることも伝えた。ただ、問題はホールだった。一体型を作るとなると、その部分のエラストマーの質感を、他の部分とは別にしなければいけない。同じものを型に流し込むだけでは、どうもうまくいかないのだ。もっと研究が必要だった。見た目もそうだった。完璧なものを作りたいと願う僕は、見た目にもこだわった。

園子には言えなかったが、しばらく実践から遠ざかっている僕にとっては、見た目も質感も、予想以上に難しいことだった。

順調に回復し、退院する頃にはだいぶあたたかくなっていた。園子は実家へは戻らなかった。医療用麻薬のおかげで痛みはなかったし、家事くらいならかえってやったほうが気分転換になると張り切っていた。

病院からの帰り道、近くの家の庭にある桜の木は、今にも花を咲かせたそうにつぼみを膨らませていた。それを見た園子が言った。

「今年も、飛鳥山公園行きたいね」

「そうだね。また弁当作ってよ。あれ、あの犬、去年の。なんて名前だったっけ？人みたいな名前の。よしこちゃん？　まさこちゃん？」

「いたね、ポメラニアン。なんだっけ？」

僕たちは家まで歩きながら、まりこちゃん、ようこちゃん、はなこちゃん、はるみちゃん、などと言い合ったが、どれも違うような気がした。すると僕らの前に二歳くらいの女の子がよたよたと歩いて来た。小さな靴を履いて、まだ歩くのが上手ではないから、酔っぱらいみたいになりながら。道の向こうから、母親の声がした。

「ゆうちゃん。どこ行くの？　こっちよー」

その声に二人同時に、

「ゆうこちゃん！」

と、ポメラニアンの名前を思い出した。

目の前の女の子はキョトンとしていたが、僕らが手を振ると、やがて笑顔で手を振り返し、母親が呼ぶほうへ戻っていった。

「そうだ、ゆうこちゃんだよ、ゆうこちゃん。あ〜スッキリした」

「今年もいるかな？」

「ねえ。会えるといいね」

その日は退院したおめでたい日なので、園子のご両親がやって来て特上の寿司を頼んでくれた。胃は小さくなっているはずだが、園子は美味しそうに、ゆっくりと、一人前の寿司をたいらげた。

九時頃ご両親が帰っていって、僕ら二人きりになった。僕はまた園子と二人の生活が始まることが、嬉しくて仕方なかった。

「来週あたり、花見に行こうか」

「うん。楽しみ」


飛鳥山公園の桜は満開だった。花々の間から見える空は、青々と輝いている。まるでつき合い始めたばかりの恋人同士のように、僕は自分の手を伸ばし、園子とのツーショット写真を撮った。

去年と同じ場所にシートを敷いて弁当を食べたのだが、去年会った老夫婦と犬のゆうこちゃんは現れなかった。歳も歳だし、この一年の間にどちらかに何かがあってもおかしくはない。だがお互い口には出さなかった。

弁当を食べ、腹ごなしに公園内を一周してから、僕らはまた都電に乗って帰ることにした。その時、僕らの前を歩く老夫婦と犬の姿があった。二人して顔を見合わせた。

「ゆうこちゃんだ！」

その声に老夫婦が振り返った。ゆうこちゃんも、ふいに自分の名前が呼ばれたからか一緒になって振り返った。僕らが頭を下げると、老夫婦も頭を下げた。

「あの、去年、この公園で美味しいぬか漬けをいただいたものです」

そう告げると老夫婦はピンときたようで、おじいさんが嬉しそうに言った。

「ああ、ああ。あの時の。奇遇ですねえ。私たちは、今年も二人と一匹で来ることができましたよ」

ゆうこちゃんはしっぽを振りながら僕らを見上げている。おばあさんは去年よりも元気そうに見えた。

「お元気そうで何よりです」

「ほんとにねえ。ありがたいことに。近所に住んでるもんだから散歩がてらここ数日、毎日来てたんですよ。今日はお会いできてよかったです」

遠くに、都電がやってくるのが見えた。僕らはゆうこちゃんの頭を撫でると、老夫婦に挨拶してからホームに向かった。二人は遠くから見送ってくれ、僕らが見えなくなるまで手を振ってくれた。名前も知らない、おじいちゃんとおばあちゃん。来年会ったら、名前を聞こう。


その日夕食を済ませ風呂あがりにビールを飲んでいると、園子がいやに深刻な顔をしてテーブルの椅子に腰掛けた。

「テッちゃん。あの……話があるんだけど」

何を言われるのだろうと内心ドキドキしたが、それを悟られないようにソファから立ち上がり向かい側に座った。

園子はリモコンを手に取ると、思い詰めた表情でテレビを消した。気づかなかったが、雨が降り出していたようだ。静かな雨音だけが部屋の中に響くので、僕はますます緊張した。園子も緊張しているようだった。

「あの……あのね……」

それからしばらく口ごもっていたが、黙って待った。

「あの……あたしを……あたしを作ってほしいの」

その言葉の意味が、一瞬理解できなかった。すると園子は顔を真っ赤にしてうつむいたまま、ゆっくりと話し始めた。

「あの……テッちゃんが作ってる人形……。まだ完成しないんでしょう？……その……ホ、ホールが難しいって、前にテッちゃん言ってたから……。その……何て言うか……。あたしで、役に立てるなら……その……」

僕はようやく園子の言わんとしていることを理解した。しかし、園子は完治したわけではないのだ。

「でも……身体は？　だってまだ」

「身体は、大丈夫。痛みもないし。それよりあたし……テッちゃんと……その……」

それからまた少しだけ口ごもってから、顔を真っ赤にして、目に涙を溜めて、言った。

「テッちゃんと、したい」


妻の身体に触れることが、こんなに緊張するとは思わなかった。園子も同じ思いだったのか、最初身体を固くしていた。

間近で妻の顔を見ると、ああ、この人はこんなアーモンドみたいな目をしていたのか。その目にはこんなにまつ毛がびっしり生えていたのか。その左目の横と、あごの下には小さな小さなほくろがあったのか。と、知っていたはずの園子の顔のそれぞれが、まるで初めて間近で見た異性のような、そんな気分になった。けれど昔からずっと憶えていたこと。それは、この人の唇は上唇よりも下唇のほうが少し厚いということだった。その唇に触れると、園子は力を抜いて僕の背中に腕を回してきた。

指先で触れるきめの細かい肌も、なだらかな曲線も、以前と同じ。いや、以前にも増してやわらかく、吸いつくようだった。

何度もキスをし、園子の体中を、ひとつひとつ確かめるように触れた。僕がしたことを、園子もしてくれた。ゆっくりと、優しく。

そうして園子の中に入ると、彼女は小さく声をあげ、背中に回した腕に力を込めた。そして僕らはつながったまま、今度は園子が上になり、小さく腰を振った。

園子の揺れる乳房も、乱れる長い髪も、全てが夢のようだった。それから少しずつ腰の動きが大きくなると、僕もそれに応えた。しばらくすると、今まで知ることのなかった、意識というものが遠ざかっていくような感覚に襲われた。他の誰とのセックスでも感じることができなかった幸福感。雨音さえ、そっと僕らの幸せを包んでくれるような気がした。


それから僕たちは、毎晩セックスした。快楽の海とは一体誰が言ったのだったか、僕は毎夜その海の中に溺れた。妻は僕が昔知っていた妻とは少し違い、無邪気なほど僕を求めた。二人して海の中に深く深く潜り、遥か彼方に見える水面めがけて上昇していくような、そんな日々が続いた。

ドールを作るためでもあったので、僕は園子の身体の一部始終を見つめ、触れる必要があった。電気をつけたままベッドに座って足を開いてもらい、僕はドール作りのためにまじまじとその間を眺めることがあった。決まって園子は恥ずかしがった。

「なんで？　いつも見てるし、してるじゃん」

「だって、それとこれとは別。こんな電気つけて、裸にされてただじっと見られるなんて、恥ずかしい……」

行為の時の激しさとは打って変わったその姿は、僕を夢中にさせた。

ある日僕の上で腰を動かす妻に聞いたことがある。あまりに気持ちいいことに、疑問を持ったのだ。

「ねえ」

「ん……何？」

「園子がこんな……気持ちよくする動き方憶えたのって、俺としてはなんか、それはそれでちょっと不安になる」

「浮気相手のせいじゃないかって？」

「うん」

そう言うと園子は一瞬腰を動かすのをやめ、乱れた髪の毛を耳にかけてから僕を見つめると、ふふふ、と笑った。

その顔が妙に可愛かったので、たとえ思っていることが当たっているとしても、僕はその浮気相手に感謝することにした。

僕らは、時に夜となく昼となく、深い海を浮遊した。


園子とセックスするようになると、僕の指先は水を得た魚のようになった。だがしかし、僕はいやがおうにも気づくことになる。まるで、人形が完成に近づくのと引き換えみたいに、園子が。園子の身体が次第に痩せ細っていっているということに。梅雨が終わろうとしている頃だった。

最初は小さな変化だった。梅雨でじめじめしていて食欲がないと言っていたので、少し体重が落ちたんだろうと思っていた。念のため病院行ったらという僕の提案に、園子は笑った。

「他は何ともないし、大丈夫だよ」

事実、毎日朝ご飯を作り掃除をし洗濯をし、買い物に行って夕飯を作り、いつもと変わらない日々を過ごしていた。揺れる乳房もやわらかい腰も、相変わらず僕を魅了してやまなかった。

だがそれから一ヶ月も経たないうちに、妻は誰の目にも明らかに痩せていった。四十九キロはあった体重が、四十五キロを切り、四十三キロを切っていた。怖いくらい、あっという間だった。食事はちゃんと取っていた。なのに、身体がどんどん細くなっていくのだ。

抗いようのない何か得体の知れない不気味なものに、園子が奪われていくような気がした。

病院で検査を受けると、転移していることがわかった。転移は肺と、肝臓。別室に呼ばれた僕と園子の両親は、医師から、手の施しようがないことを知らされた。園子の身体は若く、進行が予想以上に速かったのだ。

「だって……だってこないだ手術した時、成功したって言ったじゃないですか！　どうして……」

「あの時に取り除ける腫瘍は全て取り除いたんです」

「でも」

「がんというのは、そういう病気としか言いようがないんです……。医者としても、何度も歯がゆい思いをしているんです」

五年間再発しなければ大丈夫だと言われていたことを思い出した。五年なんて、あっという間だと思っていたのに。

医師は、手術はできないからせめて痛みを取ることに専念して、疲れたら休むなど、とにかく本人の身体をいたわってあげてください、と静かに言った。

もう僕らにできることは、それくらいのことしかないのだ。その事実は、医師の話を聞いていた僕ら三人を絶望させるには十分過ぎるほど十分だった。園子の母親は、自分が代わってあげたいと声をあげて泣き出した。

お義母さんが落ち着いてから、僕らは、園子には告知しないことに決めた。

医者からとにかく食べろと言われたと、病後だったのに僕らが甘やかしたのがいけないと怒られたと、園子に伝えた。

じゃあ、テッちゃんたちが怒られないためにも、太るために毎日カロリーが高くて美味しいものを作らないとね、と、園子は笑った。


その夜、園子が求めてきた。疲れたら休ませてほしいと医師に言われたわけで、セックスなんてもってのほかだ。僕は、今日はもう眠りたいんだ、とか、園子が痩せた原因は間違いなく毎日セックスしてたからで、医師に園子が痩せた理由を聞かれたけど本当のことが言えなくて困ったんだ、とはぐらかそうとした。なのに、それでも園子は駄々っ子のように執拗に僕を求めた。

「お願い。して。お願い。あたしを、作って」

薄暗い中、目の前の園子の顔を見た。その目は懇願しているようで、けれどその奥に確かな強い光があった。

この人は、知っているんだ、と思った。

自分の命がもうすぐ終わることを。園子はきっと僕らよりも早い段階で、こうなることを予測し、そして僕らよりも切実に、長い間死に向き合ってきたのだ。ただ黙って、静かに、泣き叫ぶこともせず。

僕は彼女が自分を作ってほしいと頼んできたその本当の理由を、考えてみた。園子は僕に今までにない良いドールを作ってほしいからと言ったが、それは違うような気がした。

自分の命の期限を自分で覚悟してしまった時、きっと彼女はさまざまなことを考えたはずだ。子供を作るには時間がない。残せるものがない。だから彼女は僕の中に棲み続けたかったのではないだろうか。死んでいく自分と、生き続ける僕とではやがてそれが不可能になるであろうことを知りながら、それでもなお……。

いつか園子がポツリと言ったことがあった。何の話だったか、他愛ない話をしていた時のことだ。僕らの世代なら知っているはずの俳優の名前を僕がどうしても思い出

せなくて、

「ほら、あれ、あの人」

　としきりに繰り返していた時のことだった。最初、あれじゃわかんないわよ、と笑っていたのだが、ふと、忘れることは、必要なことなのよ、と言ったのだ。

「憶えているばっかりじゃ、哀しいこともあるもの」

　それは、退院する前の日のことだった。

　思えば、あの時から園子は、自分の身体が長くこの世に留まれはしないことを知っていたのではないだろうか。

　園子はずっと死というものを受け入れようともがいている。戸惑い、混乱し、必死でどうしたらいいのかを探している。見つからないことを承知で。

　飛鳥山公園で会ったおばあさんがかつて言った言葉がふいに浮かんできた。

「朽ちているのにね、きれいな花だけは咲かせてくれるんです。何のためかは、わからないんですけど」

　園子の真剣なまなざしを受け、僕は園子の唇に触れた。唇だけでなく、体中に触れ、園子の声を聞きながら、行為に熱中した。園子が望むなら、僕は応えるしかない。僕にできることはおそらくもう、それだけだ。

園子は痛み止めの医療用麻薬の量を次第に増やしていった。医療用麻薬は次第に効かなくなるものではない。使用量が増えるということは、鎮痛しなければいけない箇所が増えているということであり、ようするにそれは、さらなる場所への転移を意味していた。

それでも妻は僕を求め、僕はその求めに応じた。

生きて、僕らは生きていてセックスしているのに、確実に園子は「死」へと向かっている。あんなに豊かに揺れていた乳房は次第に小さくなり、あばら骨が見え、腰骨が浮き出てきていた。腕も指も、骨ばっている。丸くやわらかく美しい身体は急速に弾力を失い、浮き出てくる骨は、園子の身体に恐ろしいほどの陰影をつけた。それでもなお、僕の上で必死になって腰を振る妻に、一度だけ、もうやめようと言ってみたことがある。妻はただ、首を横に振った。

いつも園子が上になった。彼女の体重はあまりに軽く、もう僕が上に乗ることはとても無理だったからだ。

僕は、日増しに軽くなっていく妻の腰骨を支え必死で自分の腰を突き上げながら、死という恐怖を初めて感じた。

僕は、妻を、殺しているんじゃないだろうか？　僕が、殺しているんじゃないだろうか？

長い髪が揺れる度、園子の香りが鼻先をかすめる。この世で一番いい匂いだ。

その香りに包まれながら僕は、それが危険なことであると知りながら、妻が永遠に僕の心の中に棲み続けることを自ら望んだ。園子の強い想いに、蝕まれたいと願った。

背筋が寒くなるほどの恐怖と、相反する快楽が、交互に襲ってきた。


それは九月に入った日曜日だった。僕たちはまるで若い恋人同士のように、前の晩からずっと、裸で寄り添っていた。

起きるのは食事とトイレの時だけ。あとはベッドの中で過ごした。もう二十四時間以上、キスをし、眠り、排泄し、食べ、そしてセックスした。

昼寝をし、夕方目が覚めると園子がこちらを見ていた。僕も見つめ返す。頰はこけていたが、それでも本当に美しい人だった。

彼女は何も言わず、ただこちらを見ると、そっと唇に触れてきた。僕は折れそうな身体を抱きしめた。妻は細い腕を僕の背中にまわし、何度も口を吸った。数時間前にしたばかりだというのに狂おしいほど妻を抱きたくなった。園子の全身に口づけをする。どこに口づけをしても、唇から骨の感触が伝わってくる。だが彼女は気持ち良さそうに身をよじらせた。

それから園子は骨と皮ばかりの細い腕を、その指先を、僕の胸で少し遊ばせてから、腹をすり抜け、足の付け根を通り、そっと僕自身に触った。愛おしむように今度はそこに唇を触れさせると、僕の鼓動もさらに速くなった。

それから園子は、ゆっくりと、僕の上に乗った。中は熱く、そして強く僕を締めつけた。

最初小さな動きは、やがて大きく激しくなってくる。その動きに合わせて、僕も腰を動かす。僕は園子の中に深く入っている。こんな幸せなことってあるだろうか？

妻が思わず声を漏らす。僕はその声にさらに激しく腰を突く。胸は小さくなっても、腰骨が出ても、あばらが見えても、頬がこけても、園子は、変わらず園子だった。

見上げると、哀しそうな、嬉しそうな顔をして僕を見下ろしている。どういう気持ちなんだろう。

僕は小さく、そのこ、と口に出してみた。園子の目が優しく僕を見つめ返し、口元が緩んだ。彼女の目には、今にも流れそうな涙が溜まっていた。

「そのこ、すきだよ。ほんとに、すきだ」

僕はかすれた声で、ゆっくりと、大切に伝えた。

どこへも、いかないで。

気持ち良さに気が遠くなりそうだったが、唇を必死で動かした。

「うん。てつぉ。すきよ。すごく」

園子も小さな声で、だが確かに、そう言った。テッちゃんというものあだ名ではなく、僕の名前を。

園子の揺れる髪がますます乱れる。そして、吐息を漏らすと大きく背中を反らせた。

深く大きな海に、僕らは一緒になって投げ出された。

「……あっ！」

園子の動きが一瞬止まり、やがて天を見上げた。見上げた先はいつもの天井のはずなのに、どこかもっと遥か遠くを、彼女は見ていた。そうしてまたふっと目を閉じると、僕の上にばさり、と倒れてきた。

園子は、生きる時間を、止めた。

僕は呼吸を整え園子を抱き寄せた。その身体はぐったりとしていて、最初何が起こったのか理解できなかった。気持ち良さでまだ、頭がぼうっとしていたから。どれくらいの時間が過ぎたのか、セミの鳴き声がやたら耳に入ってくるようになってようやく、僕は園子が呼吸をしていないことに気がついた。

天井を見てみる。園子が見上げた先は、一体何があったというんだろう。離れ難《がた》かった。ほんのわずかな時間でいいから、こうしていたかった。

するとつんざくような大きな羽音が聞こえてきた。一匹のセミがベランダに留まったらしい。いつもなら不快なはずなのに、生きているものがすぐ近くにいてくれたことがありがたかった。儚い命のものが、近くに居る。命は終わる。必死な羽音は、そのことを教えてくれるようだった。僕はそのセミが鳴き終わって飛んでいくまで、園子を抱きしめた。鳴く、というのは、泣く、というのと変わらないんじゃないかとぼんやり思いながら。

やがてジジジ、と、最後情けないような音を出すと、セミはどこかへ飛んでいった。四角い部屋は、急にしんとした。

身体を離そうとした瞬間、これから先もう永遠に園子の中には入れないという、当たり前のことを思った。永遠という言葉は、こういう場合が正しい使い道だ。永遠に続くものはない。永遠に手に入らないものがあるばかりだ。

僕は園子の頬を両手で支えキスをしてから、その腰を持ち上げ、ベッドに横にした。

「すきだよ。そのこ」
安らかな顔を、していたと思う。

それから慌ただしく、葬式だの初七日だのが執り行われた。葬儀屋は極めて事務的に、色々と事を進めてくれた。「進めてくれた」と思うのは、僕にはそのほうが精神的に楽だったからだ。死ということすらも商売にして人は生きていく。そう思うと、いやらしさではなく、そこに人間の逞しさを見て取れた気がしたのだ。葬儀屋に感情的になられたらきっと腹が立つだろう。お前に園子の何がわかるのだ、と。死というものは非常に個人的なものだ。斎場にいた、別の遺族の本当の哀しみを僕は一生知ることはない。彼らもまた、しかりだ。

初七日が過ぎると工場へ出勤した。到着すると、社長が来ていた。園子の葬式にも出席してくれたが、その時、出勤はいつでもいい、と言われていた。今日工場に来ていたのは、単に僕を心配してのことらしい。その姿に、僕はかつて相川さんがこの社長のために新しいダッチワイフを作ろうとした気持ちがわかった気がした。僕の顔を見ると、安心したような心配しているような表情を浮かべ、

「今月、いつも通り給料やるから何なら休んでもいいんだぞ。思いっきり酒飲んで自分を見失ったり。こんな時ぐらいさ」

と言ってくれた。僕が笑って、

「いえ、かえってここ来たほうが気が休まりますから」

そう言うと社長は、そうかわかった、じゃ、俺帰るわ、と本社に戻っていった。

家に帰り着くと、八日分の洗濯物や汚れた食器が溜まりに溜まっていた。あまりに忙しかったので、何も手につかないでいた。ようやく僕は、洗濯機を回し食器を洗い、掃除をした。

ぐるぐると回る洗濯機を覗きながら、ふいにその中に園子のものがもう入っていないことに気づくと、黒く深い闇が襲ってきた。めまいがし、どうしようもなく苦しくなり、胸を掻きむしった。

なんだこの現実は？　一体何なんだ？

渦を巻くこの水たまりの中にほんの数分顔を突っ込むことが出来さえすれば、僕は僕の時間を止めることができる。園子のいない空白を、どう埋めたらいいのかまるでわからない。自分の混乱を治めるには、闇の向こう側へ行くしかないような気がした。よもや洗濯機で死ねるとは思えないのだが、死ねないとも言いきれないだろう。その時はあまりのことに他に方法すら思いつかなかった。とにかく、今すぐにでもこの胸をえぐる苦しみから解放されたかった。

すると洗濯機の中の水が跳ね、頬に飛び散った。瞬時に、冷たい、という感覚があった。そんな感覚がまだ自分に残っていたことに驚いた。

園子の言葉を思い出したのは、その時だった。

「あたしを作って」

死ぬことを覚悟して、たった三十五年間の人生の終わる間際、僕に対して何も望んだことがなかった妻がたったひとつ、願ったこと。

渦巻く水の中に右手を入れると、それは指の間をぐるぐると行き来した。その手を引き上げると、今度は洗濯機の縁を触ってみた。僕の指から伝わるそれぞれの形。やわらかいもの、固いもの、つかめないもの。忘れていた全て。

何をやっていたんだろう。僕にはやることが、やらなければならないことが、あったのに。

翌朝本社の社長室へ向かうと僕は言っていた。

「ドールを、作り直させてください」

ほぼ完成していたドールを処分し、新しいドールを、いや、園子を、作ることにした。

社長は最初渋った。試作品の完成度の高さを知っていたからだ。今からまた作り直すとなると、どれくらいかかるのか。しばらく腕組みして目をつむっていたが、ま、どうせ作るならいいものを、だろ？　と、かつての相川さんと同じことを言うと、僕のわがままを許してくれた。

それから僕は、狂ったように製作に取りかかった。園子は百五十九センチだったから、ドールもきっちりとその身長にすることにした。まず、園子の骨格から作った。簡略に骨をまねた骨格ではなく、園子と寸分違わぬ骨格。かかりつけだった医師に頼み込み、かつて病院で撮影していたレントゲン写真を全てもらった。生前通っていた歯医者でも写真をもらった。必死で生きていた時の、園子の身体の中の写真。

針金に、粘土をぺたぺたと貼り付けていく。園子の頭蓋骨、園子の鎖骨、園子のあばら骨、園子の腰骨……。朝も昼も夜も、作業に熱中した。

ほどなくして、園子の骨格の完璧な再現ができた。それを型取りすると、白い石膏はますます園子の骨そのもののようだった。

それをまじまじと眺めながら、この骨の中には内臓があり、外側には筋肉や脂肪や皮膚があったことを想像した。そして最期には内臓ががんで侵され、皮膚は瑞々しさとハリを失っていき、骨と皮ばかりになったのだ。僕は腰骨の部分に触れながら、僕の上に乗る、園子のことを思った。石膏の白い粉が、指先についた。

中子の骨格に使用するステンレスを、人間の骨、ようは園子の骨格とまったく同じに加工したいと思った。だがステンレスで人骨のレプリカを作るなんて前例がない。僕は業者に連絡し、懇願した。業者は頭がおかしくなったとしか思えない要望に、当然難色を示した。どころか、最初はまったく相手にされなかった。いたずらだと思われたらしい。だがここで諦めるわけにはいかないのだ。僕は何度も和歌山まで足を運んでは、頭を下げた。最初は門前払いだったが、そのうちお茶を出してもらえるようになり、十数回目にしてようやく責任者が会ってくれた。そこからまたさらに訪問を重ね、ようやく承諾を得ることができた。

石膏の骨はステンレスの業者に送るものと園子の型取り用の二つを作っていた。僕は型取り用のそれを組み立てまた粘土をつけていき、今度は園子の顔や身体を作り始めた。まずは人間の筋繊維に忠実に粘土をつけていった。顔の筋繊維だけでも、前頭筋、鼻筋、眼輪筋、口輪筋、小頬骨筋、オトガイ筋などがあった。ドールとして目に触れる部分は、あくまでも外側、人間で言えば皮膚の部分だけだ。同業者から見たら、僕はただの馬鹿だろう。いや、決して誰の目にも触れることのないものを作っているわけだから、理解不能な大馬鹿ものだ。そこまですることに意味があるのかどうかは、もはや関係のないことだった。園子を、作るのだ。それだけだ。

僕の中には何か別の力が宿っているようだった。ほとんど食事を取らなくても、ほとんど睡眠を取らなくても、異常なくらい頭が冴えていた。何十日もかかって出来上がったそれは、我ながら怖いくらい完璧なものだった。

次に皮膚を作る。一番きれいだった時の、僕の妻の姿。最初に会った時よりも、亡くなる前、痩せ始める直前のほうが、数段美しかった。僕はそれを完全に再現したいのだ。

筋繊維の上にさらに粘土をつけていたら、ふいに斎場でのことが蘇ってきた。

死化粧をした園子は、誰もがその美しさに息をのんでしまうほどの美をたたえていた。美が醜悪と隣り合わせだとするならば、園子は完璧だった。目は落ちくぼみ、頬骨もあらわだ。目を背けたくなるほどの痛々しい姿。なのに叶うことならばずっと見続けていたいと感じてしまう穏やかなその微笑は、死というものが厳粛なものであると改めて思い知るほどだった。

美しい僕の妻。彼女はやがて重い鉄の扉の向こう側、赤々と燃える炎の中に入れられていった。

それから、骨になった。斎場の担当者が、「ご病気だった部分の骨は、灰になっていたり、残っていても少し変色なさっています」とさも悲しげに言うと、園子の両親も僕の両親も泣き崩れた。

狭い部屋で嗚咽が響く。そんな中僕は、無理を承知で一分、いや、三十秒でもいいから、二人きりにさせてもらえませんか？　と参列者に頼みこんだ。

斎場の担当者はあからさまに困った顔をしたし、あの場にいた全員が僕のことを怪訝に思っていただろう。けれど義父が許してくれ、ちらちらと腕時計を気にする担当者に一緒になって頭を下げてくれた。

僕は一分だけ、園子と一緒に居ることができた。

しんとした部屋に、二人きり。

そっと、頭蓋骨に触れた。目のくぼみ、歯並び。上腕、指先、胸、腰骨、足……。炎の温度が高いのと、がんがおそらく骨にまで転移していたのとで、粉々になっている部分が大多数を占めていた。まだ熱い、園子の、骨。指先に粉となってついたそれを、僕は舐めとった。

あの時葬儀屋に一緒になって頭を下げてくれた義父に、僕は一生頭が上がらない。

園子の顔。目は二重で、アーモンドのような形で、ほお骨が少し高くて、鼻筋が通ってて、下唇のほうが少しだけ厚くて、目の横とあごに小さなほくろがあった。首はほっそりとしていて、最初に会った時よくこれで頭を支えられるもんだと感心したものだ。肩はほんの少しだけなで肩で、二の腕はやわらかかった。ウエストはくびれていて、お尻は丸くなだらかだった。太ももはやわらかく、足の指は人差し指が一番長かった。そして胸は……。とても豊かで、真っ白な乳房をしていた。弾力があって、優しくて、僕が今まで見たこともないような、完璧な形をしていた。ひとつひとつのそれぞれの形や質感を思いながら僕は、粘土をちぎり、貼り付け、なだらかにし、記憶の中の園子が再現できるまで幾度となく作り直した。

ようやく粘土の園子を石膏で型取りした頃には、十一月も終わりに近づいていた。外はきっともう紅葉が始まっているはずだ。

まるで憑かれたように製作に没頭する僕を、工場で働く人たちは息をひそめて見ていた。毎日朝早くから深夜まで、ロクに飯も食わず風呂にも入らず、無精髭が生え頭もボサボサで、誰と言葉を交わすわけでもなく、ただただ、園子を作り続ける僕は、頭がおかしくなったと思われても仕方ない。

その頃ようやく、ステンレスの業者は骨格を作って送ってきてくれた。試行錯誤したらしい。こんな仕事は初めてでしたよ、と電話口で苦笑された。でも楽しい仕事でしたと言ってくれた。

ドールで一番難しいこと。それは、人形には人と同じ関節の動きができないということだった。ステンレス製の骨をつなぎ合わせただけでは従来のドールとあまり大差はない。そこで僕は、人工関節を作る会社と交渉した。最初はダッチワイフというとで卸すのを嫌がったが、粘り強く交渉した結果、取り引きしてくれることになった。ステンレスの業者が送ってくれた骨を組み立て、人工関節をはめた。今までのドールとは比べものにならないくらい、関節の可動域が広がった。

骨の中には沢山の内臓がある。僕は中子用のウレタンで、今度は胃、小腸、大腸、肺、心臓、膵臓、脾臓など、とにかくすべての中身を作った。

園子のステンレスの骨格にウレタンで作った内臓をはめ込んだ。それを型にセットすると、エラストマーを流し込んだ。ホールの部分は初め空洞にしておいてから、少し温度が下がった状態の時に配分の違うものを流し込む。ほどなくして型を外すと、全身一体型のドールが生まれた。とはいえ、まだまだ作業はある。バリと呼ばれる型からはみ出した部分を僕は丁寧に切り取った。そして目の部分をくり抜き、オーダーメイドで作った義眼をはめ込む。この作業ができるのもエラストマーならではだ。今までのシリコンだったら頭は別で作って義眼は中から埋め込まなければならなかったが、伸縮性に富むエラストマーなら外側からのはめ込みが可能だ。

僕は当然義眼にもこだわった。園子の目の色は濃い茶色で、光によっては薄くなった。シリコンドールの時は人形用の義眼を使うのだが、僕は人間用の、本物の義眼を使うことにした。幾度か職人と直接やり取りし、園子の瞳の色と同じ義眼を作ることができた。

それをはめ込むと、ドールはますます人間味を帯びてきた。今度は髪の毛、まつ毛、眉毛、そして陰毛もすべて、一本一本手作業で植えた。陰毛をつけることは、客によって好みが分かれた。シリコンの時はオプションでつけることができたが、ドールの使用後の処理を煩わしく思う客も多数おり、通常下の毛まではつけずに販売する。けれど、今回は違う。僕はあらゆる面で園子を再現することだけに没頭したのだ。正直、誰のためでもない、自分自身のためだった。

それからほくろを、顔と、左手の甲と、右腕の内側と、お腹の右横と、背中の肩甲骨のあたり、お尻の付け根のあたり、右の内ももに描き加えた。

化粧は本来おばさんたちの作業だったが、これも僕は自分で施した。やわらかい唇は少し濡れたように輝かせ、爪には透明のマニキュアを塗った。

ここまで出来た時には、もう年の暮れだった。あとは、ホールだ。こればかりは、試さなければわからない。だがその前に、僕は園子の身体を巨大な桶で洗うことにした。自宅から持ってきたボディソープで身体を洗い、シャンプーとリンスもする。かつて園子が使っていたのと同じものだ。ドライヤーで髪を乾かしていると、シャンプーの匂いが鼻先をかすめた。

そして僕は工場から歩いて十五分かかる銭湯へ行った。試すということは、そういうことだ。何日も風呂に入ってない身体ですることは、園子に申し訳なかった。銭湯に行くと受付のおばさんが、あまりの僕のみすぼらしさに嫌な顔をしたが気にしないことにした。

身体を洗い流すとお湯が黒かったので、相当だ。入口で追い返されなかっただけありがたいと思った。入念に身体を洗うと、広い湯船で足を伸ばした。今までの疲労が全て溶け出してゆくようだ。湯気の向こうに、ずいぶんと立派な富士山がそびえたっている。女湯にも富士山が描かれているのだろうか。

帰り道、外は寒かったが歩いているうちにあたたかくなった。久々に髭も剃ってさっぱりした。だが途中、畳屋のガラス戸に映る自分の姿がふいに目に飛び込んできて愕然とした。冴えない男が映っている。ずいぶん、痩せた。


工場に舞い戻ると僕は、園子そっくりのドールを畳の部屋に入れた。ここはかつて、初めて園子の胸を触った場所だ。あの時のセミも、とっくに死んだ。

仮眠用に持ち込んでいた布団を敷き、園子をそっと乗せた。まるで本当に生きているかのようなその姿に、背筋がぞくりとした。裸の園子はやさしく僕のことを見つめ、早く来て、と言っているようだった。

僕は園子に口づけをし、やわらかく弾力のある胸を揉みしだいた。最初ひんやりとしていたその身体は僕の熱を貪るように奪い、次第に温もりをおびてゆく。胸も、腰も、生きていた時と変わらない触り心地。我を忘れた。ズボンを脱ぎながら園子の首筋にキスを続け、足を開かせてゆっくりと中へ入る。完璧だった。完璧に園子の中を再現できたと思った。けれどそう思った瞬間、視界に入る全ての景色が、にじんだ。

ふいに漂ってきたシャンプーの匂いが、園子のそれとはまるで違っていたからだ。同じものを使っても、園子の匂いじゃない。それはどんなに園子そっくりなドールを作ろうと、もう本物の園子に触れることは永久に不可能なのだということを知らしめるに十分だった。ドールは、ドールでしかない。そして、ドールであるべきものだ。

僕が作ったのは園子じゃない。人形だ。

僕は愚かにも、頭では理解していたつもりの園子の死というものを、感情的にはまったく理解できていなかったのだ。園子はもういない。その当たり前の事実は、僕を初めて、哀しみの淵へと追いやった。園子が死んでから一度も涙を流すことができなかった両方の目から、涙があふれて止まらなかった。腰を動かし、泣きながら、僕は偽物の園子の中で、果てた。


翌週、完成した試作品を社長はじめその他の従業員に見せた。

誰もが息をのんだ。

「これは……。芸術の域だな……」

社長がそうこぼした。田代さんはハンカチで目頭を押さえた。

「ずっと心配してたのよ。食べるものも食べないし、どんな人形を作ってるのかと思ったら……」

心配かけてすみませんと頭を下げた。

ドールは、「その子一号」と名付けられた。

まずは百体、作ることになった。年明け早々受注を始めると、「その子一号」は飛ぶように売れ、十五分で完売してしまった。全身一体型のエラストマーのドールへの、期待の高さがうかがい知れた。

僕が指揮を執り、従業員一丸となって「その子一号」を作った。本社には、今回買えなかった客から次回の予約はいつなのかとひっきりなしに電話がかかった。ひとつひとつ丁寧に作り、最後の客に「その子一号」を届け終わった頃には、桜がつぼみを付け始めていた。

梱包を終え、最後の一体を配送し終えると、僕は家に戻り園子の遺影に手を合わせた。それから、泥のように眠った。

一週間後、工場に警察がやってきた。僕らは摘発されてしまった。

理由は、ホールおよびその周辺が、あまりにリアルだったから。誰かが通報したのだ。おそらく同業者だろう。ドールというものは日本においてはあくまでジョークグッズとして売らなければならない。僕らは、わいせつ罪で摘発されたのだ。工場は、一旦閉鎖されることとなってしまった。

僕は悔しさと、自分が作ると言ったドールが結局は工場を閉鎖にまで追いやってしまった申し訳なさとで、社長に何て言ったらいいかわからなかった。だが社長はニッと笑って言った。

「ま、来週には工場復活すっから。一週間休んどけよ」

どうやら警察に知り合いがいるらしい。どこまでもタフな人だ。ダテにこの商売をやってきてはいないのだ。他の業者の嫌がらせにもびくともしないどころか、閉鎖期間を利用して従業員全員を伊豆の温泉に連れていってくれた。労をねぎらってのことだ。僕らは工場が休みの間、温泉につかり、うまいものをたらふく食べ、酒を飲み、卓球をし、カラオケをし、また飲んで、ゆっくり休んだ。僕は三十六歳になっていた。だがこの従業員の中では、相変わらず一番年下だ。家族がいるものは連れてきてもいいということだったが、もうすぐ還暦の斉藤さんと、四十代後半の木内さんを除いては、みな一人で来た。それぞれに、事情があるのだ。誰かと一緒に居続けることは、とても難しい。だが家族連れも独り身も、この旅行ではみな楽しそうだった。

「キンキンや園子ちゃんもいたらね」

田代さんが酒の席でふと漏らすと、誰からともなくすすり泣いた。僕も酒のせいか、涙もろくなっていた。いなくなっても、こうして憶えていてもらえることは、ありがたいことだ。きっと園子も、そして相川さんも思っているに違いない。

不可能だと言われていた全身一体型の、しかも新素材であるエラストマーのドールを作ったこと、そしてそれは芸術品のように精巧で美しく、かつ、最高のホールだったこと、だがそれが原因で工場が摘発されたこと。その全ては、やがて僕らの会社にとって大いにプラスの材料となった。マニアの人たちはそのひとつひとつを受け入れてくれ、摘発されることを承知で芸術品を作り上げた僕たちに敬意を表してくれた。会社のホームページにも沢山の書き込みがあった。

工場が再開された時、社長は、

「その子二号を作ろう」

と言った。外見はそのままで、今度は摘発を逃れられるホール。だが僕は断った。あのホールでなければ、「その子」ではないのだ。「その子」と名のつくドールにおいてホールだけ作り直すことは、僕にとっては考えられないことだった。だからといって作らないというのは若造の僕に許されるはずもないのだが、僕の職人としてのプライドが、どうしてもそれを許さなかった。作るのならば、今度は摘発されない、けれど他社より遥かにクオリティの高い別のドールを作るのならいい。ホールだけ変えるなら、どうしても、「その子」は作りたくなかった。

僕はいっそクビを承知で、社長にそう伝えた。

「そう言うと思ったよ」

面倒くさそうにタバコを吹かしながら、怒るどころか、なんだか少し嬉しそうだった。

「ホールの問題はあるけどよ、次もいい子を作ってくれや」

「はい」

最初は金がなくて始めたこの仕事だったのに、おかしなことだ。

こうして、「その子一号」は、マニアの間で伝説のラブドールとなった。

ある日僕は、財布だけ持って家を出た。どこでもいいから、どこかの海を見たかった。園子との思い出があるわけでもない、何の思い入れもない海を、ただなんとなく眺めたくなった。

巣鴨から山手線で秋葉原まで出て総武線で千葉に行き、それから外房線に乗った。

僕が知っている関東の海というのは、大学時代に一度だけ行ったことのある千葉の海。

確か白里海岸といった。広い砂浜がきれいだったことだけ憶えている。

大網という駅で降りてバス停で待っていると、ほどなくしてオレンジ色の線が入った小湊鉄道バスがやってきた。乗客は僕と地元のおじさんとおぼしき人しかいない。そのおじさんも二つ目の停留所で降りたので、バスは僕だけを乗せて海へとひた走った。窓から見える民家の庭先の、番犬らしきまだらの犬はバスが通り過ぎても見向きもせず、その前を猫が悠々と歩いている。少しだけ窓を開けてみると、かすかに潮の匂いがした。

バスを降りてから広い道路を渡ると、砂浜が見えてきた。この季節にはまだ人気《ひとけ》は少ない。沖にはサーフィンをしている人影があり、砂浜には散歩する中年の夫婦や、部活動で走らされている柔道部らしい中学生が通るばかりだ。

遠くに見える小さな山には、桜が咲いていた。僕はその桜を見ながら、今年はまだ飛鳥山公園に行っていないことを思い出した。

今年は一人だ。あの老夫婦は今年は来るだろうか。僕は、やがてあの犬がいなくなっても、おばあさんがいなくなっても、おじいさんがいなくなっても、飛鳥山公園の桜を見に行くだろう。

そんなことを考えていると、何やら先ほどの中学生たちが砂浜の一角で騒いでいる。

何かが打ち上げられてきたらしい。気になってそちらに行ってみると、浮き輪のようなものが流れ着いていた。

「なんだこれ？」

「人の形してっぞ。きもちわりー」

「浮き輪？　なんでこんななんだ？」

中学生の輪の中に入り目を凝らすと、それは空気式のダッチワイフだった。思わず笑ってしまった。僕が笑う意味を、中学生たちはわからなかったようだ。なので説明してあげることにした。

「これは空気を入れて膨らませるダッチワイフっていうんだよ。ダッチワイフってのは、まあ、あれだ。オナニーするときに使う人形のことだよ。お前らもすんだろ？　これ使えば、女とセックスしてるような気持ちになれるっていうんで作られたもんだよ。ほら、見てみ？　ここんとこに穴があんだろ？　ここに入れんだよ」

今どき丸坊主の中学生たちは大いに喜んだ。

「やべえ！　俺使ってみてえ！」

「俺も！」

「でもすげぇブスじゃん！　俺、無理！」

「だよな、この顔すげえよな。でも電気消して目つむってやればできんじゃねえ?」

「それじゃどこに入れたらいいか見えねえじゃん」

「じゃ、電気つけて」

「電気つけたらブスじゃん!」

「ものすげー人間そっくりのこんなのがあったら俺絶対欲しいけどなー」

「あ、俺も。すげー美人だったら欲しい」

一人の少年が聞いてきた。

「そんなの、あるんすか? すげー美人の、人間そっくりの人形」

僕は少しだけ得意になった。

「ああ、あるよ。大人になったら買えるよ。いいぞ、大人は。楽しいぞ」

そう言うと中学生たちはまた目を輝かせて喜んだ。すると後ろから竹刀を持った顧問がやってきたらしく、みなクモの子を散らすように一目散に駆け出していった。ガタイのいい顧問は横を通る時に僕を睨みつけたが、僕は笑って頭を下げた。

一体誰が使ったのか、物悲しく流れ着いたその空気式ダッチワイフを、僕は拾って海水で洗い、眺めてみた。

「すげえ、ブス……」

素直なその自分の感想に、笑えた。

僕は園子のことを思った。これとは似ても似つかない、園子をモデルにして作った「その子一号」。飛び抜けて美しい外見だけでなく、その清楚な姿からは想像もつかないようなリアルなホールが大評判だった。今までのドールでは味わったことのない気持ち良さだと、ユーザーからの反響は熱を帯びたものだった。まるで生身の人間を抱いているみたいだ、いや、生身の女よりも気持ちいい。

園子にそっくりなわけだから、少し複雑な気分にならないこともなかったが、やっぱり嬉しかった。

僕は「その子一号」を作り出すまでの間、いや、それ以前から、出会った頃からの園子とのことを思い返した。夫婦というものを試行錯誤してきた僕たち。おそらく同じ歩幅で歩くことができたのは、たった数ヶ月だ。近づいては離れ、離れては近づき、彼女の命の散り際に、ようやく僕らは、僕らの形を見つけることができたような気がした。見つけた途端、園子は逝った。

僕はふと、園子とした数々のセックスのことを思い返した。大きな胸、豊かな腰、長く乱れる髪、濡れた唇、ふいに漏れる甘い声。やわらかな匂い。

僕は、もうあんな気持ちのいいセックスは二度とできないんだろう。

美人で、料理も上手くて、清楚で、貞淑で、家事もきちんとこなして、旦那さんを立てて。まわりからの僕の妻の評判は、こういったものしかなかった。本当に、良く出来た奥さん。みな口を揃えて言ったものだ。僕には出来過ぎた嫁だと。確かにそうだ。

園子とのさまざまを、また思った。あらゆることを。

みんなが知らないことを、僕は知っている。他の誰もが、絶対に知ることができないこと。

僕はしみじみと思ったことを、哀愁漂う空気式ダッチワイフに向かって呟いた。

「すけべで、いい奥さんだったなあ……」

雲は白く、空は青々と輝き、波は静かに、寄せては返していた。

解説　タナダユキさんへ

みうらじゅん

タナダユキさんと初めてお会いしたのは、7〜8年ほど前、杉作J太郎監督作品『怪奇!! 幽霊スナック殴り込み!』のロケの時だったと思うんだけど。

年末も押し迫ったやたら寒い朝、オレは川勝正幸さんたちと新宿西口のバスターミナル横で待ち合せ、停まっていたロケバスに乗せられた。

その数ヶ月前にテレ東の深夜番組収録で杉作さんと一緒になった帰り、映画出演の話を持ち掛けられた。「どーしてもみうらさんじゃないと困る役があるんですよ!」、カン高い声で何度も説得され、「自宅まで送って行きますから」と、杉作さんの車に乗せられたのが運の尽き。断る理由を失くしてしまった。

オレは人前で演技など一度もしたことがないし、昔から自意識過剰で自分以外の役柄に成り切るなど到底無理だと思ってた。それを「いや、みうらさん本人でいいんですよ。台本送りますが、セリフはほとんどありませんので」と言われ、覚悟して待っていたのだが、台本はとうとう送られてこなかった。ロケ日を知ったのも数日前。「大丈夫ですかねぇ」と、杉作さんが心配しているのはスケジュールの方で決して演技のことではないようだった。

仕方ない。乗りかかった船だ。オレはその時、初めて役柄を聞いた。「出所したばかりのヤクザですね」とアッサリ教えられたが、〝どこがみうらさん本人でいいんですよ〟だ。「台本は？　ちっとも送ってこないじゃない」、オレが少しムクれて言うと、杉作さんは「僕の心の中にちゃんとありますから大丈夫です」と答えた。

要するにこれは杉作さんの趣味につき合わされるんだと、その時、初めて理解した。「で、どこまで行くの？」、当然ロケ先など聞かされてないオレたちはまるで工事現場に向かう作業員のような気がした。

何時間くらい経ったろうか？　外を見ると寒々とした海が広がっていた。「湘南なの？」

よく見るとクソ寒い海岸で海パン一丁の男たちがフリスビーをしているではないか。その時、「奴らはもうスタンばってますから」と教えられたが、一体、何をスタンばっているのかサッパリ分からなかった。

「すいませんがここで着替えてもらっていいですか？」ロケバスの中で渡されたのが

アロハシャツと短パン。「夏のシーンなので」、そこは妙に早口で言った。

ブルブル震えながら浜辺に出て、オレは初めて和服姿のタナダさんに会った。「ダンナの出所待ちをする奥さん役です」と紹介を受けて、〝ダンナって誰？　オレか？〟と焦った。

タナダさんの背中越しからカメラ。オレはタナダさん（いや、嫁）に近づいて、カンペに書いてある「オレともう別れてくれ」的なセリフを二、三言、言った。

「ハイ、ＯＫです！」

〝えーっ!?　もうおしまいなの？〟

タナダさんはその後も傷心で海岸を歩くシーンを日が暮れるまで何度もやらされていて、とても気の毒に思った。

それがタナダさんとの初顔合わせであったが、僕はその時、彼女も映画監督だったことを知らなかった。後に映画『タカダワタル的』を観て、晩年、キリストのような風貌となったフォーク・シンガー高田渡のドキュメンタリー映像のいい具合の距離感に感動した。それをタナダさんが監督してたなんてね。

今回、『ロマンスドール』の解説を依頼されて、僕は松本清張以外の小説をほとんど読んできてないのにどうしてなのか？と思ったけど、そのタイトル（本当は〝ラブドール〃だな）で依頼の理由がよく分った。それに読み進めていく内に、一人称で書かれた〃僕〃が、どこかオレに似てるような気がしてきた。

〃僕〃は美大出身。ラブドール制作側に回るわけだから彫刻科でなきゃなんないわけだけど、オレも美大出身（デザイン科）で就職が決まらずプラプラしてたところは共通する。童貞をこじらせた者が大人に成って女性と接する機会を得た時のぎこちなさ。愛とか頭では理解してるつもりだが、結局は女性をフィギュアとしてしか見られない大人げのなさも似ている。

オレは制作側じゃないが、買う側としてかつて二体のラブドール（一体目の頃はまだ〃ダッチワイフ〃）を手に入れたことがある。『ロマンスドール』の中でも書かれている〃ドーラー〃ってやつだ。別に女性に嫌気が差したわけじゃない。昔からたまに男の飲み会でその話題が出ていたので、ここは実際買ってみてどんな気がするのか確かめてみたくなったのだ。

十五年くらい前に買入したドールは名前を〃ひとみ〃といった。それは親元（厳密には販売元）が付けた名前なので変えるわけにはいかない。

ひとみがやって来た日のことを今でもよく覚えてる。運送業者はその棺桶状ダンボールを玄関先に置いた時、「重いっスねぇコレ」と少し笑ったが、中身に気付いていたのだろうか？　オレは一度、ショールームで見合いを済ませているので事務所員が帰った夕刻にゆっくり封を開けた。まだソフビの時代。スッ裸でポッカリ股間に穴を開けたひとみは棒立ちで現われた。外がすっかり暮れた頃、オレはタバコを一本喫《す》って取り敢えず寝かせたひとみの上に乗ってみた。そしてオッパイを揉んでみたが硬かった。ここでフッーなら「イヤッ」とか、「アアン……」とか先方が言うところだが当然、反応はなく、見開いたままの瞳が不気味だった。この不自然に耐え切れず、今度は電気を消して、こっちも裸になってみた。かなりひんやりしたが我慢した。そして今度はいきなりじゃなくキスから。顔を近付けた方がまだ怖くない。しかしその姿が、ガラス窓に映っていることに気付いた時、ゾッとした。それはドールの方ではなく必死なオレに。〝オレは今までこんなことがしたくて生きてきたんじゃない〟という、何ていうかプライドみたいなもんが壊れた瞬間。それは最終的に〝オレって何なんだ？〟の仏教的見地まで至った。

そして考えた。セックスとは何だ？

ソーヤングな頃、ジョンとヨーコに教わった気になった〝ラブ〟とこの姿は大きく違う。生身の人間よりもそんな大切なことをドールから学ぶなんて思いもしなかった。

二体目を買ったのは十年後くらい。シリコン素材の肌触りに驚き、ボディに骨組みが入りいろんなポージングが決められることを知って後先考えず買ってしまった。『ロマンスドール』で〝僕〟や相川さんが必死で取り組んだ成果の品だ。見た目はまるで人間。

ショールームで見た時、「これで、声まで出たらスゴイですよね」と、思わず言ったら「それじゃ人形ですよ」と、係の人はフツーに答えた。〝それじゃ人形ですよ〟、もうこの世界には一般の常識は通用しない。

後先考えなかったせいでオレは二体目、〝絵梨花〟がやって来た時、先妻ひとみにどう言い訳するかで悩んだ。〝決して君を捨てたわけじゃない〟、本当にそうなのか？ 気持ちはすっかり絵梨花の方にいってるじゃないか。

相手はドールなんだけど、その感情は人間と同じ。ついつい新しい方に目移りした自分が後ろめたかった。

もう、ひとみとは兄妹みたいな関係なんだ。肉親とセックスなど考えられないだろ？ 〝僕〟も、園子に対し思ったことだ。大概、男側のセックスレスの言い訳はコレで、正直言ってフィギュアとしてのボディに飽きてしまうんだ。愛してるんだけど勃たない。いや、それは愛してないんじゃないのか？ またもここで葛藤。外では勃つくせにさ。ということは愛してない方が勃つってことですかい？ ダンナ。自分のことも今一つよく分んないのに、チンポのことなんていくつになってもサッパリ分んない。

〝僕〟の浮気の件《くだり》も他人事《ひとごと》じゃない。相川さんのアドバイスもやたら耳が痛い。それでもうまくやっていくにはどうすればいいのか？　結局、人間は自ら作り出した〝幸せ〟という幻想に振り回されているだけ。実体のない幸せは他人との比較じゃないと気付けやしない。〝僕〟が園子のがんでやっと気付いたように。

そして園子そっくりの〝その子一号〟を懸命に生み出す姿は感動的。ある有名なラブドール会社の第一号の名称が〝想影〟ということを思い出した。きっと亡き妻や娘を模して作られたに違いない。それはまるで『鉄腕アトム』のよう。江戸時代から作られていたという〝生き人形〟の発想。人間は死ぬことを知って生きている。その悲しみが人形を生み出すのである。

ひょんなことからラブドール制作会社に勤めることになった〝僕〟が、ドールを人間にどんどん近付けていく過程で、どうしても人間にあってドールにないものを見つけていく。それはきっと人間関係という面倒臭さだろう。でも、そこを敢えて〝そこがいいんじゃない〟と、優しく言えるようになると、人は〝愛〟を感じる。

でも、こんな男の面倒臭い気持ちなどをどうして女のタナダさんが書けるのか？

とても不思議に思った。でも、それは『タカダワタル的』で見た、いい具合の距離感がベースにあるのではないか。男は結局、女から生れてきたものだし、男の大概なことを女はお見通しなんだろう。

タナダ監督がいつの日かこの原作を映画にしようとする時、「どーしてもみうらさんじゃないと困る役があるんですよ！」と、言ってくるかもしれない。「みうらさん本人でいいんですよ」と付け加えて。残念なことにオレは歳を取り過ぎて〝僕〟は出来ない。〝キンキン〟と呼ばれた相川さんが相応《ふさわ》しいがタイプが違い過ぎる。そんなことまで考えておもしろく読みました。また、ひょんな場所でお会いすることを楽しみにしています。オレは棒立ちのひとみと、ボディコン姿でソファに腰掛ける絵梨花に囲まれてもう寝ます。

あとがき

『ロマンスドール』という小説を書かせてもらってから、11年の歳月が経ちました。大元のプロットは2004年にはあったので、それから数えると15年の歳月です。元々この話はある映画の企画でボツになったプロットでした。ただ、自分の中で、いつかどういう形でもいいから作品にしたいと思っていました。そんな折、「ダ・ヴィンチ」で連載をしませんかというお話をいただき、『ロマンスドール』の話をすると興味を持ってもらえ、ボツプロットの供養になるとありがたく書かせていただいたのですが、そこからさらなる時間をかけて映画にまでなったわけですから、人生何が起こるかわかりません。

そもそもなぜこの話を書いたのかといえば、大元の元は何かの雑誌で見た「男の最高の死に方は腹上死だ」などと抜かす昭和のおっさん的記事に対する素朴な疑問、いや、言うなれば怒りにも似た感情があったからに他なりません。

「腹上死が最高……だと？　ふざけるな。女だってだ」

ですからこの話はまずヒロインが腹上死する話にしようと思いました。と、文字面だけだと不謹慎極まりないわけですが。兎《と》に角《かく》、「自分だけ最高に気持ちよく死のうとするなんてズルイぞおっさん！」という、おっさんに対する妬《ねた》み、嫉《そね》み。そして「そんなおっさんって、夜の営みも自分本位なのではないか」という偏見を抱く一方「そんなおっさんって、サイズや精力ばっかり気にしてそうで、ある意味哀しい生き物なんじゃないか」と憐憫《れんびん》の情も湧き。とはいえ腹上死などというファンタジーは、昭和のおっさんの特権なわけでもないのだから、女性だって最高に気持ちよく逝かせてあげたいではないか、と思うに至ったのであります。

けれど、主人公は男性にしたいと思いました。

私は女として生まれ育ち、それに対してなんら不自由を感じたことはなかったわけですが、映画を撮って作品を発表するようになった途端、どんな種類の作品を作っても「女性監督ならではの」という、窮屈な冠をつけられてしまうようになりました。ここ数年でやっと、その言葉が消えつつあって嬉《うれ》しい限りですが。『ならでは』って何なのさ」と当時思いましたが、結局「ならでは」について説得力を持って書いた人は皆無でした。女性か男性かで分けるのもそもそも無理があるわけで、何より、個として見てもらえない悔しさ。その悔しさがあったから、

「ようし、そっちがそこまで『女性ならでは』という冠を外さないならこっちにだって考えがある！　出《い》でよ！　我の中に眠る、あらゆるおっさんよ‼」

と、こうして、この小説は、いわゆる男目線というやつで、一体自分にどこまで書けるのか、ということにも挑戦しようと思ったわけです。どんな人だって、感情は一つではありません。おっさんの中にピュアな乙女もいれば、綺麗《きれい》なＯＬさんの中にもおっさんの魂はある。私たちの心模様は本来自由であるはずです。

私は映画を一本撮り終えると、途端にしばらく誰にも会いたくなくなります（ウチの猫以外）。それほど現場の密度が濃いからに他なりませんが、いつも思っていました。そんな自分がもしも男だったら……。事後に速攻で相手に背中を向けて爆睡するような酷《ひど》い男なのではなかろうか、と。哲雄は、自分の中に眠るあらゆるダメ男を召喚した結晶です。だからこそ、このダメンズに気づいて欲しかったのです。園子は人形じゃない、人間だ、と。長い時間をかけて映画化までして改めて思ったのは「哲雄の罪と罰」のような作品でもあるのだな、ということでした。園子という人間を、哲雄は自分の理想の中に押し込めてしまった、その罪と罰。

人は誰しも、他者というものに対して、自分の想像の範囲内であることを無意識に望むものです。想像を超えると理解不能に陥る。理解できないものは、怖い。だから

「あの人はこういう人」と括ることで、安心を得たいのです。そのほうが自分にとって都合が良いから。だからこそ、哲雄に相対する園子は、理想に押し込められながらも何とかしてそれを打ち破ろうとする人物にしたいと思いました。頑《かたく》なで強く、弱い人間に。そして、園子が哲雄の中にある「理想の園子」をようやく打ち破れた時、哲雄には、与えられた罰に対する「赦《ゆる》し」があって然《しか》るべきだとも思いました。残された人間は、何としても生きて行かねばならないから。

物語の最後の台詞《せりふ》は、映画でもラストに持ってきました。その理由が今、ようやくわかった気がします。園子の本当の願いは、ただの女でいたかったこと。物語の最後でようやく哲雄は、自分の理想の女性という箱から、一人の女性として園子を解き放てたのだろうと、私は思っています。

ところで、映画化において一点だけ悔やまれることがあるとしたら、みうらじゅんさんの出演シーンをどうしても作れなかったことです。ショールームでみうらさんが人形を買うシーンなども考えたのですが、どう考えても本編の流れ上全く必要なく、泣く泣く諦《あきら》めました。いつかみうらさんにご出演していただける機会が来ることを夢見て、これからも精進したいと思う、令和元年の秋でした。

この作品が世に出るきっかけを作ってくださった「ダ・ヴィンチ」関口さん（10年

以上経っても何ら風貌《ふうぼう》が変わらないので、メンズエステで何か打っているのではないかと疑っています）、そして何より、この本を手に取ってくださった全ての皆様に感謝の気持ちを込めまして。ありがとうございました。

二〇一九年一〇月

タナダユキ

主要参考文献（順不同）

『がんとどう向き合うか』額田勲、岩波新書
『がん治療総決算』近藤誠、文春文庫
『南極1号伝説』高月靖、バジリコ
『人体絵本』ジュリアーノ・フォルナーリ、ポプラ社
『吉田式　球体関節人形　制作技法書』吉田良、ホビージャパン
『人体の不思議〈第1巻〉支える、動く　骨・筋肉系』佐藤達夫（監修）、メディア・イシュ
『図録・人体の不思議』人体の不思議展監修委員会（監修）、インサイト
『からだの地図帳』高橋長雄（監修、解説）、講談社
『人体透視図鑑』スティーブン・ビースティー（画）、リチャード・プラット（文）、あすなろ書房
『Modeling the Figure in Clay』Bruno Lucchesi, Margit Malmstrom, Watson-Guptill Publications

本書は二〇〇九年二月、メディアファクトリーより
刊行され、二〇一三年六月、MF文庫ダ・ヴィンチ
で文庫化された作品です。

ロマンスドール

タナダユキ

令和元年 11月25日　初版発行

発行者●郡司 聡

発行●株式会社KADOKAWA
〒102-8177　東京都千代田区富士見2-13-3
電話　0570-002-301（ナビダイヤル）

角川文庫 21896

印刷所●株式会社暁印刷
製本所●株式会社ビルディング・ブックセンター

表紙画●和田三造

●お問い合わせ
https://www.kadokawa.co.jp/（「お問い合わせ」へお進みください）
※内容によっては、お答えできない場合があります。
※サポートは日本国内のみとさせていただきます。
※Japanese text only

ISBN 978-4-04-102641-0　C0193

角川文庫発刊に際して

角川源義

第二次世界大戦の敗北は、軍事力の敗北であった以上に、私たちの若い文化力の敗退であった。私たちの文化が戦争に対して如何に無力であり、単なるあだ花に過ぎなかったかを、私たちは身を以て体験し痛感した。西洋近代文化の摂取にとって、明治以後八十年の歳月は決して短かすぎたとは言えない。にもかかわらず、近代文化の伝統を確立し、自由な批判と柔軟な良識に富む文化層として自らを形成することに私たちは失敗して来た。そしてこれは、各層への文化の普及滲透を任務とする出版人の責任でもあった。

一九四五年以来、私たちは再び振出しに戻り、第一歩から踏み出すことを余儀なくされた。これは大きな不幸ではあるが、反面、これまでの混沌・未熟・歪曲の中にあった我が国の文化に秩序と確たる基礎を齎らすためには絶好の機会でもある。角川書店は、このような祖国の文化的危機にあたり、微力をも顧みず再建の礎石たるべき抱負と決意とをもって出発したが、ここに創立以来の念願を果すべく角川文庫を発刊する。これまで刊行されたあらゆる全集叢書文庫類の長所と短所とを検討し、古今東西の不朽の典籍を、良心的編集のもとに、廉価に、そして書架にふさわしい美本として、多くのひとびとに提供しようとする。しかし私たちは徒らに百科全書的な知識のジレッタントを作ることを目的とせず、あくまで祖国の文化に秩序と再建への道を示し、この文庫を角川書店の栄ある事業として、今後永久に継続発展せしめ、学芸と教養との殿堂として大成せんことを期したい。多くの読書子の愛情ある忠言と支持とによって、この希望と抱負とを完遂せしめられんことを願う。

一九四九年五月三日

角川文庫ベストセラー

はだかんぼうたち　江國香織

9歳年下の鯖崎と付き合う桃。母の和枝を急に亡くした、桃の親友の響子。桃がいながらも響子に接近する鯖崎……〝誰かを求める〟思いにあまりに素直な男女たち＝〝はだかんぼうたち〟のたどり着く地とは――。

愛がなんだ　角田光代

OLのテルコはマモちゃんにベタ惚れだ。彼から電話があれば仕事中に長電話、デートとなれば即退社。全てがマモちゃん最優先で会社もクビ寸前。濃密な筆致で綴られる、全力疾走片思い小説。

蜜の残り　加藤千恵

様々な葛藤と不安の中、様々な恋に身を委ねる女の子たちの、様々な恋愛の景色。短歌と、何かを言いたげな食べ物たちに彩られた恋愛短編集にして、普通ではない恋愛に向き合う女性たちのための免罪符。

水やりはいつも深夜だけど　窪美澄

思い通りにならない毎日、言葉にできない本音。それでも、一緒に歩んでいく……だって、家族だから。もがきながらも前を向いて生きる姿を描いた、魂ゆさぶる6つの物語。対談「加藤シゲアキ×窪美澄」巻末収録。

週末カミング　柴崎友香

週末に出逢った人たち。思いがけずたどりついた場所。いつもの日常が愛おしく輝く8つの物語。『春の庭』で第151回芥川賞を受賞。一瞬の輝きを見つめる珠玉の短編集。